AF186794

Herbst
Tango

...bei leiser Musik

Bibliografische Information der Deutschen Nationalbibliothek .
Die Deutsche Nationalbibliothek verzeichnet diese Publikation in
der Deutschen Nationalbibliografie; detaillierte bibliografische
Daten sind im Internet über http://dnb.d-nb.de abrufbar.

Impressum
2019

© **Autor:** **Syna Ester**
© **Cover:** **Syna Ester**
© **Fotos:** **Syna Ester**

Herstellung und Verlag:
BoD - Books on Demand, Norderstedt

ISBN: 9-783748-14492-2

Herbst

Tango

...bei leiser Musik

von

Syna Ester

5

Marinella war müde und wollte nur noch nach Hause. Die Arbeit hatte sie heute sehr angestrengt. Eilig ging sie durch die Gassen, als sie auf einmal vertraute Klänge aus einer Bar hörte. Tango, wie sehr liebte sie diese Musik und wie oft hatte sie diesen Tanz mit Paolo getanzt.

Wehmütige Erinnerungen stiegen in ihr auf. Was würde sie dafür geben, noch ein einziges Mal mit Paolo zu diesen Klängen zu tanzen. In seinen Armen liegen und mit ihm zu verschmelzen.

Sie merkte, dass ihr die Tränen kamen und bemühte sich nicht mehr daran zu denken. Was vergangen ist, das ist vorbei, es gibt kein nächstes Mal.

Schnell ging sie weiter, aber die Musik ging ihr nicht mehr aus dem Kopf. Zu Hause angekommen, wartete ihr Sohn bereits auf sie; er hatte Hunger und wie fast jeden Abend wollten sie auch heute gemeinsam essen. Er hatte schon das Wasser für die Pasta vorbereitet und nun musste er nur noch die Pasta in den Topf geben.

„Antonio, Du bist ein Schatz", sagte Marinella zu ihrem Sohn als sie ihn in der Küche hantieren sah.

So dauerte es nicht mehr lange und sie konnten essen. Der Tisch war schnell gedeckt und der Auflauf, den Antonio in den Ofen geschoben hatte, war nun auch fertig. Marinella stellte ihn auf den Tisch, sodass sich jeder selber nehmen konnte. Antonio kümmerte sich um die fertige Pasta und füllte sie auf die Teller. Marinella tat noch die Sauce darauf und sie konnten mit dem Essen beginnen. Sie beide waren ein eingespieltes Team, denn nach dem

Tod von Paolo half Antonio seiner Mutter wo er nur konnte. Sie musste jetzt arbeiten gehen nachdem sein Vater verstorben war, denn er befand sich noch mitten im Studium. Er wollte Lehrer werden. Gut, dafür brauchte seine Mutter nichts zu bezahlen, er hatte ein Stipendium erhalten, aber sie mussten ja von etwas leben. Sein Vater hatte nicht mehr viel verdient und so konnten seine Eltern keinerlei Ersparnisse beiseite legen. Sie kamen gerade so über den Monat und waren froh, wenn sie am Ende des Monats noch einige Lira in der Tasche hatten. Der Gedanke an seinen Vater schmerzte ihn, aber er ließ sich nichts anmerken. Seine Mutter hatte es jetzt schwer genug und er wollte nicht, dass sie mitbekam, wie traurig er sich fühlte. Litt sie doch selber genug unter dem schmerzlichen Verlust. Seine Eltern hatten sich sehr geliebt und das hatte jeder mitbekommen.

„Schmeckt es dir nicht oder warum isst du nicht"? fragte Marinella.

Antonio erschrak; war er doch mit seinen Gedanken ganz woanders und hatte nicht bemerkt, dass er die Gabel immerzu in der Pasta drehte ohne einen Bissen zu sich zu nehmen.

„Doch, doch", antwortete er schnell und schob sich eine Gabel voller Pasta in den Mund.

Marinella musste lachen.

Aber auch sie war mit ihren Gedanken nicht so recht bei der Sache, denn die Tango Klänge aus der Bar hatten bei ihr Erinnerungen an damals ausgelöst.

Wie gut, dass sie gleich nach dem Essen in den Garten gehen wollten um sich eine kleine Siesta zu gönnen. Es war ihnen zur Gewohnheit geworden und sie ließen es sich auch heute nicht nehmen. Entweder, sie unterhielten sich oder sie dösten einfach nur vor sich hin. Es tat gut, im Schatten der Bäume, auf der Decke zu liegen und in den wolkenlosen, blauen Himmel zu schauen. Obwohl bereits Abend, schien die Sonne noch immer. Kein Lüftchen wehte und die Hitze machte allen zu schaffen. Antonio erzählte ihr die Neuigkeiten aus der Universität und, was er mit den Freunden zwischen den einzelnen Vorlesungen gemacht hatte. Es interessierte Marinella sehr, was ihr Sohn tagsüber erlebt hat und sie hörte ihm aufmerksam zu. Sie freute sich, dass es ihm dort gut gefiel und er keinerlei Probleme beim lernen hat. Sie war unendlich stolz auf ihren Sohn und wünschte, dass Paolo es noch erleben könnte. Er wäre vor lauter stolz auf seinen Sohn geplatzt und nicht nur das, er wäre einher spaziert, wie ein aufgeplusterter Gockel.

Bei dem Gedanken daran musste sie lachen.

Sie schaute zu Antonio, aber der hatte ihr lachen nicht gehört; denn er war eingeschlafen.

So gab sich Marinella wieder ihren Gedanken hin.

Sie hatte Paolos Gesicht vor Augen und dachte an jenen Tag, als alles anfing und sie sich zum ersten mal sahen.

Es war ein Herbsttag vor 29 Jahren, als sie Paolo das erste mal sah. Ihre Augen trafen sich und ihr Herz fing an höher zu schlagen. Wie er da stand und an der Tür zur Bar lehnte; sein Anblick verschlug ihr den Atem. Seine dunklen langen Locken glänzten in der Sonne. Er hatte ein markantes Gesicht und eine makellose Figur. Er war nicht von hier, so viel wusste sie, aber gesehen hatte sie den Besitzer der Tango Bar vorher noch nie. Er sollte aus Spanien kommen hatte sie gehört, aber genaues wusste niemand. Sowieso war die neue Bar den Leuten ein Dorn im Auge, dass hatte es hier noch nie gegeben. Es gab eine Bar im Dorf, aber dort trank man seinen Espresso, aß ein Eis und traf Freunde. Außerdem war die Musik, die aus der neuen Bar erklang, nicht das, was sie bisher kannten. Es waren fremde Klänge, die aber nicht ihre Wirkung bei den vorübergehenden verfehlte. Sie machte neugierig und die Leute redeten darüber.

Paolo hatte sie angelacht, aber sie senkte den Kopf und ging weiter. Sie hoffte, dass er nicht bemerkt hatte, dass er ihr gefiel. Bisher hatte sie sich noch nichts aus Männern gemacht und keinerlei Interesse gezeigt, wenn der eine oder andere versuchte mit ihr zu flirten. Aber dieser Mann; ein Blick in seine Augen und sie bemerkte ein nie gekanntes kribbeln im Bauch.

Voller innerer Unruhe war sie damals nach Hause geeilt. Niemandem hatte sie von ihrer Begegnung erzählt, nicht einmal ihrer Mutter. Aber der Fremde ging ihr nicht mehr aus dem Kopf.

Es war Samstag und die neue Bar sollte eröffnet werden. Auf der Piazza stand ein großes Plakat auf dem stand, dass alle herzlich eingeladen sind und es die Getränke umsonst gibt. Einige hatten beschlossen dort hin zu gehen, aber andere meinten, sie wollten hier keinen Fremden haben und solche

Musik passt nicht in das Dorf. Es war ihnen nicht geheuer. Seit jeher lebten sie hier ohne Fremde und waren damit zufrieden. Es waren hauptsächlich die Alten, die sich gegen die Bar und den Fremden stellten. Sie waren noch nicht einmal in die nahe Kleinstadt gefahren um sich dort einmal umzuschauen, ihnen genügte das kleine Dorf und ihre Felder in Richtung der Berge. Ihre Häuser standen direkt am Meer und so meinten sie, sie hätten alles, was ein Mensch zum Leben braucht. Ihre Welt war klein, aber völlig in Ordnung.

...und nun hatten sie den Salat!

Ein Fremder war aufgetaucht und wollte mit seiner Musik und dem Tanz Unruhe in das Dorf bringen.

Hier wurde Tarantella getanzt und kein Tango!

Damit war der Fall für sie erledigt.

Sie würden nicht dahin gehen. Doch, die jungen Leute dachten anders. Sie wollten gerne zur Einweihung in die neue Bar gehen, denn die Musik gefiel ihnen. Sie waren aufgeschlossener und die meisten von ihnen zog es öfter in die Kleinstadt, als es ihren Familien lieb war. Sie waren der Meinung, dass ihre Kinder dort nichts Gutes lernen würden. Jedenfalls nicht, wenn sie am Abend dort hin fuhren um sich zu amüsieren; zur Universität mussten sie ja in die Kleinstadt. Es gab einige junge Mädchen mit einem guten Abschluss und sie durften zum studieren nicht in die Kleinstadt fahren; sie konnten sich gegen ihre Familien nicht durchsetzen. Ihnen blieb nichts weiter übrig, als zu Hause zu bleiben und sich in ihr Schicksal zu fügen. Genauer gesagt, bis einer kam, der sie heiraten wollte.

Sie waren todunglücklich über ihre Situation, aber so lange die Alten in der Familie das sagen hatten, änderte sich ihr Leben nicht. Jeder musste sich fügen.

Zum Glück kamen die Freundinnen, die an die Universität durften, immer zu Besuch und ließen sie teilhaben an dem, was sie lernten. Es gab nämlich eine Möglichkeit, auch, wenn man niemals in der Universität anwesend war, einen Abschluss zu machen. Sie mussten nur der Universität schriftlich mitteilen, dass sie in dem oder dem Fach geprüft werden möchten. Dann kam einer der Lehrer zu ihnen nach Hause und in seinem Beisein füllten sie die Prüfungsunterlagen aus. Ebenso prüfte der Lehrer die Mädchen auch im mündlichen. Die Universität hatte erkannt, dass es sich lohnte diesen Weg zu gehen. Viele Male kamen junge Frauen zur Universität und wollten ein Studium nachholen. Nämlich immer dann, wenn der Großvater gestorben war und nun der Vater das sagen hatte. Die Väter dachten anders als es noch ihre Väter taten. Sie waren stolz auf ihre intelligenten Töchter. Für manch eine junge Frau kam der Tag allerdings zu spät. Sie war verheiratet und hatte oftmals auch schon Kinder.

Marinella hatte Glück, denn ihre Familie hatte erkannt, wie wichtig eine gute Ausbildung auch für ein Mädchen ist. So hatte sie auf Lehramt studiert und war nach bestandener Prüfung, hier im Dorf, als Lehrerin eingestellt worden. Da es sich um eine Ganztagsschule handelte, kam sie sehr selten vor dem Abend nach Hause.

So, war es auch an jenem Abend, als

sie Paolo zum ersten Mal gesehen hatte. Sie erinnerte sich noch genau an ihre erste Begegnung mit ihm.

Ein Lächeln, ein tiefer Blick aus seinen dunklen, glutvollen Augen hatte ihr Herz höher schlagen lassen. Sie spürte, wie dieses Gefühl von damals wieder in ihr hochkam und Unruhe erfasste sie.

Das Herz schlug ihr bis zum Hals und sie meinte, seinen Atem zu spüren. Sie blickte hinüber zu Antonio, aber der schlief tief und fest.

Marinella schloss die Augen und ihre Gedanken wanderten wieder in die Vergangenheit.

Natürlich waren ihre Eltern sofort damit einverstanden, dass sie alle gemeinsam zur Eröffnung der neuen Bar gehen wollten. Es interessierte sie, wer der Neue im Dorf war und wie es in der Bar so aussieht. Von der Musik hatten sie, beim vorbeigehen, bereits einen Vorgeschmack bekommen. Ihnen gefiel, was sie hörten. Die Klänge der Gitarren waren ganz anders, als die der Mandolinen und übten eine eigenartige Faszination auf sie aus; sie wollten mehr darüber erfahren.

Der Samstag kam und sie bereiteten sich für den Abend vor. Ihre Mutter und sie hatten ihr schönstes Kleid angezogen und ihr Vater sah in seiner schwarzen Hose und dem weißen Hemd dazu sehr gut aus für sein Alter. Es war Herbst, aber noch immer glühte die Sonne und so waren sie mit ihrer leichten, luftigen Kleidung richtig angezogen.

In 10 Minuten sollte die Eröffnung stattfinden und so machten sie sich gut gelaunt auf den Weg. Marinella spürte die Unruhe, die sie bei dem Gedanken an Paolo überkam und sie hoffte, dass ihre Eltern nichts davon merkten, wie es in ihrem Inneren aussah. Sie hatte ihnen nichts von ihrer Begegnung mit Paolo erzählt.

Schon von weitem hörten sie die Klänge der Gitarren und als sie näher kamen, waren sie sichtlich überrascht. Vor der Bar standen Tische und Stühle und in den Bäumen hingen bunte Lampions, deren Licht wunderschön in der beginnenden Dämmerung schien. Auf den Tischen lagen rot weiß karierte Tischdecken und in der Mitte stand eine Schale mit Jasminblüten. Alles sah sehr festlich aus. Paolo stand vor der Bar und begrüßte jeden Gast persönlich. Er sprühte nur so vor Charme und schien in seinem Element zu sein. Nun waren sie nahe genug gekommen und Paolo kam ihnen entgegen, um auch sie zu begrüßen. Zuerst schüttelten sich die Männer die Hände und wechselten einige Worte. Dann wandte Paolo sich an ihre Mutter und umarmte sie herzlich. Charmant wie er war, überhäufte er sie mit Komplimenten, sodass meine Mutter rote Wangen bekam; aber sie lächelte.

Am liebsten wäre Marinella im Boden versunken, denn nun war sie an der Reihe.

Paolo war ein erfahrener Mann und hatte ihre innere Anspannung sofort erkannt. Unbekümmert umarmte er sie und tat, als wäre es das normalste der Welt. Er ließ es sich nicht nehmen, ihre Hand mit einem zarten Kuss zu bedecken. Das war der Moment, in dem Marinella rot anlief und ihr Gesicht einer Tomate glich. Das blieb natürlich ihren Eltern nicht verborgen. Sie schauten sich an und dachten sich ihren Teil.; sie sagten aber nichts und taten so, als ob sie es nicht bemerkt hätten. Ihr Vater kam und rettete sie aus der Situation indem er seinen Arm um sie legte und sagte:

„Lass uns jetzt nach drinnen gehen und die Bar anschauen".

Marinella war sichtlich erleichtert und sie war froh, dass ihr Vater gekommen war. Sie gingen in die Bar und was sie sahen, übertraf alles, was sie bisher aus einer Bar kannten. Überall an den Wänden hingen Bilder von Tango tanzenden Paaren von denen einige ziemlich erotisch waren; jedenfalls empfanden sie es so. Sie staunten nicht schlecht. Ansonsten war die Bar sehr hübsch eingerichtet und mit Blumen geschmückt. Im hinteren Teil der Bar befand sich eine kleine Bühne und sie wunderten sich, wofür diese errichtet wurde. Aber das sollten sie wenig später erfahren. Erst einmal setzten sie sich an einen der Tische und bestellten etwas zu trinken. Immer mehr Leute kamen und es dauerte nicht lange, bis jeder Platz besetzt war.

Paolo ließ noch den letzten Gast rein und schloss dann die Tür hinter sich. Er ging nach hinten zu der kleinen Bühne und klatschte laut in die Hände. Im Nu wurde es still in der Bar und Paolo begann zu reden. Zuerst stellte er sich den Gästen vor. Er erzählte ihnen, dass er aus Argentinien sei und dort als Tango-Lehrer gearbeitet hat. Er erwähnte auch, dass er drüben sehr bekannt war, da er als Profi-Tänzer schon internationale Preise im Tango tanzen erhalten hatte. Die Ferne hatte ihn gelockt und so war er vor kurzem hier angekommen und hatte sich in das Dorf verliebt, weil es so aussah, wie das Dorf, aus dem er stammte.

Da seine Mutter aus Italien stammte, sprach er gut italienisch und so hatte er beschlossen, sein Glück als Tango-Lehrer hier im Dorf zu versuchen. Er erklärte auch, dass die Bühne für die Musiker gedacht ist und, dass er hier heute Abend für die Gäste tanzen wollte. Sie sollten sich selbst ein Bild davon machen können, wie der Tango getanzt wird. Er wünschte allen einen wunderschönen Abend und ging von der Bühne. Kaum war Paolo von der Bühne runter, als auch schon das Gerede los ging. Jeder wollte etwas sagen, denn sie waren beeindruckt von dem, was Paolo ihnen über sich erzählt hatte. Was für ein interessanter Mann!

Alle, die heute Abend hier waren, hatten außer der nahen Kleinstadt noch nichts von der Welt gesehen. Sie waren einfache Leute und Geld zum Reisen hatte keiner von ihnen. Daran dachte auch keiner, denn sie waren zufrieden mit ihrem Leben hier im Dorf. Hatten sie doch alles, was sie brauchten. Das Meer, die Berge, ihr kleines Stückchen Land und wenn es sein musste, konnten sie auf die Dorfgemeinschaft zählen. Sie fühlten sich hier geborgen und gut aufgehoben. Jedenfalls war es bis heute bei den Älteren so.

Die jungen Leute, die regelmäßig zum studieren in die Kleinstadt mussten, dachten da schon ein wenig anders. Sie erhofften sich mehr vom Leben und es war ihnen nicht bewusst, dass sie hier im Dorf doch eigentlich alles hatten um glücklich zu sein. Aber ihr Appetit war geweckt und so manch ein junger Mensch, der heute hier war, träumte von fernen Ländern, insbesondere nach den Erzählungen von Paolo. So wie er, so wollten sie auch einmal sein. Nicht unbedingt ein Tanzlehrer, aber durch die Welt reisen.

Marinella war völlig in Gedanken und hörte erst gar nicht, dass ihre Mutter sie gefragt hatte, ob es ihr hier gefällt und was sie über Paolos Worte denkt.

Sie schaute ihre Mutter an und sagte, dass es ihr gut gefällt und sie gerade über Paolos Worte nachgedacht hatte.

„Dein Vater und ich hatten uns auch gerade darüber unterhalten. Paolo scheint ein netter Mensch zu sein; hat er doch schon sehr viel in seinem Leben erreicht. Das er ausgerechnet den Weg zu uns, in unser kleines Dorf gefunden hat, das grenzt schon fast an ein Wunder. Eine Fügung des Schicksals, das passiert ab und an", meinte ihre Mutter noch.

Sie unterhielten sich noch eine Weile, als Paolo sich erneut zu Wort meldete.

„Liebe Freunde", begann er, „jetzt ist der Moment gekommen wo ihr mehr über meine Arbeit erfahrt. Ich möchte euch meine Musiker vorstellen und des weiteren werde ich euch die ersten Schritte des Tango beibringen. Also, macht mit und ich hoffe, wir werden einen schönen und sehr lustigen Abend miteinander verbringen.

Er verbeugte sich und in dem Moment kamen auch schon die Musiker auf die Bühne.

Ein raunen ging durch den Raum, denn nach den Musikern betrat eine wunderschöne Frau die Bühne. Sie sah aus, wie eine der Frauen auf den Bildern, die an den Wänden hingen. Ihr Kleid war atemberaubend und in ihre langen schwarzen Locken hatte sie rote Blumen gesteckt. Sie war sich ihrer Wirkung wohl bewusst und lächelte die Gäste freundlich an.

Marinella konnte, als sie die Frau sah, nur eines denken,

–er hat eine Frau–!

Die Überraschung war Paolo gelungen als er in die Gesichter seiner Gäste sah.

„Freunde, das ist Dolores, meine Tanzpartnerin aus Argentinien. Wir haben über viele Jahre zusammen getanzt und alle Tango Meisterschaften gemeinsam gewonnen. Wir kennen uns schon seit Kindertagen, denn unsere Eltern waren Nachbarn. Wir sind wie Bruder und Schwester. Gestern nun ist Dolores hier angekommen um noch einmal, nur für euch, mit mir zu tanzen. Danach wird sie wieder zurück nach Argentinien fliegen. Wir tanzen nicht mehr gemeinsam, denn alles, was man erreichen konnte, das haben wir in der Vergangenheit erreicht. Sie arbeitet, genau wie ich, nur noch als Tanzlehrerin. Lasst uns also beginnen", sagte Paolo noch und gab den Musikern ein Zeichen.

Sie begannen zu spielen......

Marinella hatte nur einen Gedanken im Kopf,

–sie ist nicht seine Frau–.

Es war ihr selber nicht klar, warum sie so dachte und ihr Herz wie wild klopfte. Sie war bisher noch nie verliebt und diese merkwürdigen Gefühle in ihr konnte sie nicht deuten. Das etwas nicht stimmte und ganz anders war als sonst, das merkte sie schon. Sollte sie doch einmal mit ihren Eltern darüber sprechen? Sie schob diese Gedanken beiseite, denn nun war auch Paolo wieder auf die Bühne gekommen. Er sah ganz anders aus als vorher. Er hatte sich neu angekleidet und seine lockigen Haare glatt gebürstet. Völlig fremd sah er aus, aber immer noch so schön wie vorher; jedenfalls Marinella empfand es so.

Paolo und Dolores begannen zu tanzen und den Gästen stockte der Atem. Es war umwerfend und atemberaubend zugleich, was ihnen geboten wurde. Knisternde Erotik lag in der Luft und manch einer konnte sich ein leises pfeifen nicht verkneifen. So etwas hier im Dorf, das konnte nicht gutgehen. Aber, es wäre eine Lüge, wenn einer der Anwesenden sagen würde, dass es ihm nicht gefällt. Sie alle waren total begeistert. Der Tanz, die Musik, es war, als wären sie in einer anderen Welt.

Die Musik verstummte, als Paolo und Dolores ihren Tanz beendet hatten.

Für einen kurzen Moment war es noch mucksmäuschenstill, aber dann brach begeisterter Jubel aus. Sie waren von den Stühlen aufgesprungen und riefen nach mehr. Doch Paolo hatte anderes mit ihnen vor. Als der Beifall sich langsam legte, verkündete er, was er vorhatte.

Sie alle sollten heute ihre ersten Tango-Schritte lernen und er machte sie sogleich mit Dolores vor.

Die Gäste zögerten und waren ziemlich unentschlossen. Sie wollten wohl schon, aber sie trauten sich nicht. So eng mit jemandem zu tanzen, das gab es hier nicht. An so etwas hatte Paolo nicht gedacht, denn, wo er herkam, tanzte jeder mit jedem und es war egal, wenn sich die Paare umschlungen hielten. Je erotischer der Tanz anzusehen war, desto mehr gefallen fand er bei den Leuten.

Wie sollte Paolo das auch wissen; er war noch nicht lange hier im Dorf.

Zwar hatte seine Mutter, bei ihren Erzählungen aus ihrer Heimat, diese Dinge erwähnt, aber er dachte, dass das längst Vergangenheit sei.

Etwas ratlos blickte er zu den Gästen. Wollte wirklich keiner der Gäste den ersten Schritt wagen?

Was sollte er tun? Doch dann kam ihm eine Idee. Er ging von der Bühne direkt auf den Tisch zu, an dem Marinella mit ihren Eltern saß. Was hat er vor dachte Marinella, die ihn kommen sah. Da war Paolo auch schon bei ihnen und fragte ihre Eltern, ob er mit Marinella tanzen darf. Sie merkte sofort, dass ihr Gesicht hochrot anlief und hoffte, dass ihre Eltern es ablehnen würden, dass sie mit Paolo tanzt. Sie schaute auf ihrem Vater, doch der grinste sie nur an und gestattete Paolo seine Tochter zum Tanz aufzufordern. Am liebsten wäre sie im Erdboden versunken, als Paolo sie um den Tanz bat und sie gleich an die Hand nahm um mit ihr auf die Bühne zu gehen. Er hatte ihre Antwort gar nicht erst abgewartet und sie fühlte sich völlig überrumpelt. Aber weg konnte sie jetzt auch nicht mehr.

Die Gäste waren mucksmäuschenstill und guckten wie gebannt zur Bühne.

Die Musiker begannen zu spielen, als Paolo ganz sanft seinen Arm um sie legte. Marinella wagte nicht zu atmen. Das Herz schlug ihr bis zum Hals, als sie die ersten Tango Schritte mit Paolo machte. Nie zuvor hatte sie Tango getanzt, doch sie bewegte sich, als ob sie ihn im Blut hatte. Es blieb nicht bei den ersten, wenigen Schritten; sie ließ sich von Paolo in eine andere Welt führen. Ihre Körper waren aneinander geschmiegt und beide vergaßen Zeit und Raum. Ihre Eltern sahen sich an und jeder wusste, was der andere dachte. Sollte Marinellas Wahl auf Paolo fallen, wären sie einverstanden. Auch, wenn er ein Fremder und schon einige Jahre älter war als ihre Tochter; sie mochten den sympathischen Mann. Italienisch hatte er schnell gelernt und sich sehr gut in die Dorfgemeinschaft eingelebt. Immer war er fröhlich und hilfsbereit.

Die Musiker hatten aufgehört zu spielen und noch immer hielt Paolo sie fest in seinen Armen. Marinella wagte nicht sich zu bewegen, aber sie merkte, dass ihr das Herz bis zum Hals schlug. Erst als die Gäste aufstanden und klatschten, ließ Paolo sie los und er verneigte sich vor ihnen. Dann brachte er Marinella zum Tisch ihrer Eltern; verneigte sich noch einmal und ging zurück zur Bühne.

„Liebe Gäste, liebe Freunde, überlegt es euch zu Hause noch einmal in Ruhe ob ihr nicht doch bei mir das Tango tanzen lernen wollt. Ihr habt eben gesehen, dass es nicht so schwierig ist, wie es scheint. Ich wünsche euch noch einen schönen Abend und danke euch allen für euer erscheinen. Jetzt werden meine Musiker für euch eine Tarantella spielen und wir wollen alle gemeinsam tanzen und damit diesen wunderbaren Abend ausklingen lassen", sagte Paolo und gab den Musikern ein Zeichen, mit dem musizieren zu beginnen. Die Tische und Stühle waren schnell beiseite geschoben und der Tanz begann. Laut sangen alle mit, dass man es noch weit im Dorf hörte.

Es war ein wunderschöner Abend, den keiner vergessen würde.

Im Schein des Mondes machten sich anschließend alle auf den Heimweg.

Marinella ging schweigsam neben ihren Eltern, während diese sich noch angeregt über den Abend unterhielten.

Ihre Eltern taten, als ob sie ihr Schweigen nicht bemerken würden. Sie ahnten, was ihrer Tochter durch den Kopf ging. Zu Hause angekommen legten sie sich gleich schlafen, es war schon spät und, obwohl es ein sehr schöner Abend war, spürten sie jetzt doch, wie müde sie bereits waren.

Die Sonne schien und irgendwo in der Ferne krähte ein Hahn. Marinella schlief noch tief und fest, aber ihre Mutter weckte sie, denn in 2 Stunden wollten sie gemeinsam in die Kirche gehen. Sie waren nicht sehr gläubig, aber den Gottesdienst am Sonntag versäumten sie nie, da sie dort immer immer ihre Freunde trafen um mit ihnen zu plaudern und um Neuigkeiten auszutauschen. In der Woche hatten sie dazu kaum Zeit, da jeder mit seiner täglichen Arbeit beschäftigt war.

Schlaftrunken öffnete Marinella ihre Augen und sah ihre Mutter an. Sie hatte in der Nacht von Paolo geträumt und ihre Gedanken steckten noch tief in ihrem Traum.

„Komm schon, raus aus den Federn", sagte ihre Mutter lachend.

Marinella zog sich die Decke über den

Kopf und drehte sich zur Seite. Ihre Mutter musste lachen und ging aus dem Zimmer. Sie wusste, dass ihre Tochter gleich aufstehen würde und ging zu ihrem Mann in die Küche. Der Duft von Espresso kam ihr entgegen. Ihr Mann hatte schon drei Tassen auf den Tisch gestellt und der Espresso in der Kanne stieß seinen letzten Dampf aus. Herrlich, dieser Espresso; schwarz wie die Nacht und süß wie Honig, ein wahres Geschenk und Dankbarkeit stieg in ihr hoch. Er würde schnell die Lebensgeister wecken, denn so richtig wach war sie noch nicht. Sie hörte Marinella über den Flur tapsen und goss den Espresso in die Tassen.

„Hat dich der Duft des Espresso aus den Federn gelockt?" fragte sie und lachte ihre Tochter an.

Marinella antwortete nicht und setzte

sich an den Tisch. Völlig verschlafen rührte sie mit dem Löffel in ihrer Tasse herum und hatte Mühe, die Augen offen zu halten. Ihr Vater musste nun auch lachen und sagte:

„Tango tanzen scheint zu anstrengend für dich zu sein; da werden wir nicht wieder hingehen".

Marinella merkte, wie ihr heiß wurde und sie hielt den Kopf gesenkt und starrte in ihre Tasse.

„Nun lass sie doch erst einmal ihren Kaffee trinken; schließlich haben wir alle zu wenig Schlaf bekommen und ich bin auch noch müde", sagte ihre Mutter und sah ihren Mann an.

Sie hatte sein schelmisches Lächeln wohl bemerkt und wusste, dass er Marinella nur necken wollte. Aber das ging zu weit. Sollte sich Marinella wirklich in den gutaussehenden Paolo verguckt haben, dann musste man behutsam mit ihr umgehen, denn es wäre das erste Mal, dass sie sich für einen Mann interessieren würde. Aber, da Marinella bisher noch nie ein Wort über ihn verloren hatte, sollten sie abwarten und sich nichts anmerken lassen. Sie erinnerte sich noch gut daran, wie es war, als sie sich in ihren Mann verliebt hatte. Bevor sie sich über ihre Gefühle im klaren war, hatten die anderen Familienmitglieder bereits bemerkt, wie es um sie stand und neckten sie. Es war ihr damals sehr unangenehm und sie wollte nicht, dass Marinella dasselbe passierte. Sie würde mit ihrem Mann darüber sprechen, dass er keine Andeutungen mehr in diese Richtung machen soll. Er hatte es ja nicht böse gemeint: es war nur etwas unbedacht von ihm. Sie goss sich noch einen Kaffee ein und aß einen von den Keksen, die sie gebacken hatte. Sie schmeckten nach Mandeln und passten ausgezeichnet zu dem Kaffee. Auch ihr Mann und Marinella hatten sich schon von den Keksen bedient und ließen sie sich schmecken.

„Wir müssen uns nun langsam fertig machen damit wir nicht zu spät zur Kirche kommen", sagte sie nach einer Weile und ihr Mann machte sich als erster auf den Weg ins Bad.

Mutter und Tochter blieben noch sitzen und unterhielten sich über dieses und jenes; der gestrige Abend und Paolo wurde nicht erwähnt.

Es würde ein schöner Tag werden, denn die Sonne strahlte bereits vom wolkenlosen blauen Himmel. Auch der Herbst war hier noch immer warm und sonnig. Regen gab es erst in der

Winterzeit; wenn überhaupt. Meistens waren es nur kurze Schauer und das Wasser verdunstete, bevor es in den Erdboden einsickern konnte. Seit zwei Jahren war kein richtiger Regen mehr gefallen und um die Ernte sah es schlecht aus. Wer nur auf den Ertrag seiner Felder angewiesen war, hatte Not, die Familie satt zu bekommen.

Der Pfarrer wollte heute, nach seiner Predigt, dieses Thema ansprechen um gemeinsam mit den Dorfbewohnern nach einer Lösung zu suchen. Hungern sollte niemand im Dorf. Sie waren eine kleine Gemeinschaft und jeder war für den anderen da, wenn Hilfe gebraucht wurde. Regen konnten sie natürlich nicht herbei zaubern, aber sie konnten überlegen, wie und womit man sich gegenseitig am besten helfen konnte. Es war ja nicht das erste Mal und was bisher immer gut geklappt hatte, sollte auch jetzt nicht scheitern.

,,Dein Vater ist fertig im Bad und nun kannst du dich waschen gehen", sagte sie zu ihrer Tochter.

Marinella stand auf und ging ins Bad.

Frisch gestriegelt und gebügelt kam ihr Mann in die Küche und fragte nach einem weiteren Espresso. Wie gut er immer noch aussah, dachte sie bei sich; die Jahre konnten ihm bisher nicht viel anhaben und goss ihm einen Kaffee ein. Sie liebte ihren Mann sehr und war froh, dass ihre Familie damals mit ihrer Wahl einverstanden war. Er ist ein liebevoller Ehemann und ein sehr guter Vater. Was könnte man sich mehr wünschen? Ihre kleine Welt war in Ordnung; sie lebten in Harmonie.

Bisher mussten sie auch keine Not leiden, da ihr Mann einen guten Posten als Bürgermeister ihres Dorfes vom Staat bezahlt wurde. Das Geld kam jeden Monat pünktlich und sie selber brauchte nicht arbeiten gehen und konnte sich ausschließlich um Marinella und den Haushalt kümmern. Sie war sich ihres guten Lebens wohl bewusst und sehr dankte ihrem Schicksal dafür.

„Träumst du?", fragte ihr Mann und riss sie aus ihren Gedanken.

„Ja, ich hatte gerade daran gedacht, wie es war, als wir uns kennenlernten und wie schön mein Leben bisher verlaufen ist", antwortete ich meinem Mann.

„So empfinde ich auch", erwiderte ihr Mann, stand auf und nahm sie fest in seine Arme.

Eng aneinander geschmiegt standen sie da, als Marinella in die Küche kam. Sie hatte ihr schönstes Kleid angezogen und war bereit für den Kirchgang. Nun musste auch ihre Mutter sich noch schnell fertig machen; es blieb nur noch wenig Zeit, denn die ersten Leute waren schon auf dem Weg zur Kirche, wie sie durch das Küchenfenster sehen konnten.

Ein zartes Küsschen noch für ihren Mann und sie eilte zum Badezimmer.

Marinella fand es schön, ihre Eltern so innig zu sehen. Genauso wünschte sie es auch für sich. Sie konnte sich nicht daran erinnern, dass ihre Eltern einmal ernsthaft böse aufeinander waren. Klar gab es kleine Differenzen, aber sobald sie geklärt waren, schien auch wieder die Sonne zwischen den Beiden. Irgendwann einmal würde der Richtige auch für sie kommen, doch bis jetzt war er noch nicht aufgetaucht, oder doch? Paolo fiel ihr ein und ihr

Herz begann heftiger zu schlagen. Ihr wurde ganz warm, als sie daran dachte, wie eng er sie umschlungen hatte, als er ihr die ersten Schritte des Tango beigebracht hatte. Schnell verwarf sie den Gedanken daran, denn es hatte ja nichts zu bedeuten, zumal er mit Dolores ja auch so eng getanzt hatte.

Ihre Mutter erschien in der Küche und sie konnten sich auf den Weg zur Kirche machen.

Die meisten waren schon in der Kirche und sie suchten schnell ihre Plätze auf.

Die Glocken riefen noch ein letztes Mal zum Kirchgang, als auch schon der Pfarrer auf der Kanzel erschien.

Wie jeden Sonntag hielt er eine, aus dem Leben gegriffene, Predigt. Er schrieb sie alle selber und bediente sich nur selten der Bibel. Er kannte seine

Schäfchen und wusste, wie er zu ihnen und mit ihnen sprechen musste. Mit reinen Bibelversen würde er zwar einige, die streng gläubig waren, erreichen, aber das war ihm nicht genug. Seine eigenen Worte dienten dazu, die Gemeinschaft zu stärken, zu fördern und zu fordern. Das war ihm bisher auch immer sehr gut gelungen. Schließlich kannte er jeden Einzelnen hier im Dorf. Er war hier geboren und aufgewachsen. Sie alle waren wie eine große Familie und er freute sich immer wieder, wenn sie Sonntags so zahlreich in der Kirche erschienen. Auch heute war kein Stuhl leer geblieben.

Als er seine Predigt beendet hatte, stimmte die Orgel ein Lied an und alle sangen mit.

Als sie geendet hatten, verließen alle die Kirche um sich draußen, wie vom

Pfarrer gewünscht, zu versammeln. Er wollte mit ihnen über die Situation im Dorf sprechen und wie man am besten Hilfe für die betroffenen Familie, die unter der jetzigen Dürre besonders litten, organisieren kann. Vor allem, wer konnte helfen? Betroffen waren sie alle, nur gab es auch Familien, die ein regelmäßiges Einkommen hatten und sich die Dinge des täglichen Lebens kaufen konnten. Vielleicht waren sie bereit, einen oder zwei Tanks mit Wasser zu kaufen, damit wenigstens alle genug Trinkwasser hatten.

„Liebe Freunde", begann der Pfarrer zu sprechen, „worum es geht, wisst ihr ja und ich habe mir viele Gedanken darüber gemacht, wie und womit wir die größte Not im Dorf lindern können".

Der Pfarrer sprach weiter und alle

hörten ihm aufmerksam zu. Auch die Dorfbewohner hatten sich schon ihre Gedanken gemacht und so teilten sie dem Pfarrer, als er geendet hatte, ihre Vorschläge mit.

Wie viel Hilfsbereitschaft zutage kam, der Pfarrer war gerührt und wischte sich verstohlen über die Augen. Wie sehr liebte er diese Menschen mit denen er hier leben durfte und dessen Hirte er war. Noch nie hatte er seine Entscheidung, als Pfarrer, hier in dieser Gemeinde zu arbeiten, bereut. Man hatte ihm eine Pfarrei in der Stadt angeboten, aber das hatte er damals abgelehnt. Hier war er zu Hause und er wollte nirgendwo anders hin.

„Nun noch einmal alles der Reihe nach damit ich es mir aufschreiben kann", sagte der Pfarrer und holte einen Stift und einen Schreibblock aus seiner Aktentasche. Fein säuberlich notierte er jeden Vorschlag und schrieb die Namen dazu.

„Ich werde mich heute Nachmittag an die Arbeit machen und mir überlegen, wie wir es am besten machen können, damit alles gerecht aufgeteilt oder verteilt wird. Auf den ersten Blick sehe ich schon, dass keiner Not leiden muss. Ich werde natürlich auch meinen Beitrag dazu leisten und auch den Kirchenrat in der Kleinstadt um Hilfe bitten. Ich danke euch allen, meine lieben Freunde und wünsche euch noch einen schönen Sonntag. Wenn es soweit ist, werde ich euch aufsuchen und jedem seine Aufgabe mitteilen", sagte er und dann ging er in die Kirche zurück.

Eine Weile blieben die Dorfbewohner

noch beieinander um über dieses und jenes zu sprechen, doch dann machten sie sich auf den Heimweg. Es war weit über Mittag und der Hunger machte sich bemerkbar.

Marinella und ihre Eltern begaben sich ebenfalls auf den Heimweg. Weit hatten sie es nicht und das Essen war vorbereitet, sodass es nur noch warm gemacht werden musste und sie gleich essen konnten.

Ihre Eltern hatten sich bereit erklärt, mit einer Geldspende zu helfen und mit anzupacken, wo immer es nötig war. Auch wollten sie von ihrem Obst und Gemüse aus dem Garten einiges abgeben.

Zu Hause angekommen, kümmerte sich Marinellas Mutter sofort um das Essen und sie und ihr Vater deckten gemeinsam den Tisch. Ihr Vater schnitt noch das frische Brot an, als ihre Mutter schon das Essen auf die Teller füllte. Wie lecker es wieder roch; sie freuten sich auf die Mahlzeit und aßen mit großem Appetit.

Sie beschlossen nach dem Essen eine Siesta zu halten, denn die letzte Nacht war kurz, da sie erst spät nach Hause gekommen waren.

Marinella erwachte, als sie ihre Mutter mit einer ihrer Nachbarinnen sprechen hörte. Worüber sie sich unterhielten konnte sie nicht verstehen. Sie blickte auf die Uhr und musste feststellen, dass sie tatsächlich 2 volle Stunden tief und fest geschlafen hatte. Sie bürstete ihre langen Haare und ging dann zu den beiden Frauen in die Küche. Schnell wurde ihr klar, dass sie über gestern Nacht sprachen. Die Nachbarin war eine sehr nette Frau und Marinella begrüßte sie herzlich. Sie setzte sich zu ihnen und ihre Mutter reichte ihr auch eine Tasse Espresso.

„Ich habe mitbekommen, dass ihr über die gestrige Nacht in der Tango Bar gesprochen habt. Warum seid ihr denn nicht gekommen?", fragte Marinello arglos die Nachbarin.

Da hatte Marinella aber etwas gesagt!

Sofort legte die Nachbarin los und überschüttete Marinella mit einem Redeschwall, in dem sie kein gutes Haar an der Tango Bar ließ und erst recht nicht an Paolo. Sie steigerte sich immer mehr in Rage und meinte zum Schluss noch, dass es besser wäre, wenn Paolo, mitsamt seiner Leute und der Musik wieder verschwinden würde.

Marinella blickte ihre Mutter an und sah ein funkeln in ihren Augen. Gleich würde ihr der Kragen platzen, denn, was die Nachbarin da von sich gegeben hatte, machte sie wütend. Wie konnte sie nur solche Äußerungen machen? Sie und keiner aus ihrer Familie ist doch gestern Vorort gewesen. Woher hatte sie den Unsinn, den sie hier erzählte? Sie kannten sich seit Kindertagen, aber so hatte sie ihre Nachbarin noch nie erlebt. Gut, sie lebte streng nach den alten Traditionen, war sehr gläubig, aber ansonsten immer umgänglich. Es hatte nie Streit oder Ärger zwischen ihnen gegeben.

Marinellas Mutter zwang sich zu einem ruhigen Ton und fragte:

„Wie kommt es, dass du so etwas sagst, zumal doch keiner von euch dort war?".

Die Nachbarin antwortete, dass sie mit angehört hatte, als zwei Burschen aus dem Nachbardorf sich über die Nacht in der Tango Bar unterhielten und das hatte ihr gereicht. Mehr musste sie gar nicht wissen. Pfui, so zu tanzen, ganz eng zusammen, das verbietet der Anstand. Kein Mädchen darf einem Mann so nah kommen, wenn sie nicht miteinander verheiratet sind. Das ist Sünde, fügte sie noch hinzu und verdrehte ihre Augen gen Himmel.

Inzwischen war Marinellas Vater auch in der Küche erschienen und hatte die Worte der Nachbarin gehört. Einen Moment blieb alles still, aber dann lachte ihr Vater schallend los. Alle Augen waren auf ihn gerichtet; keiner verstand so recht, warum er so lachte und sich gar nicht wieder beruhigen konnte.

„Hole bitte die Flasche Rotwein", sagte er zu seiner Frau, „darauf müssen wir einen Schluck trinken.

Jetzt verstand keiner mehr was los war. Marinellas Mutter stand auf und holte den Rotwein und vier Gläser. Sie schenkte jedem einen guten Schluck ein und sie nahmen alle erst einmal einen Schluck. Er war selbst gemacht und schmeckte sehr gut.

„Jetzt sage ich euch, warum ich so lachen musste", sagte er und blickte dabei schelmisch die Nachbarin an.

Er begann zu erzählen, wobei er weit zurück in die Vergangenheit ging, als er noch nicht verheiratet war. Jedes Jahr im Sommer gab es ein schönes Fest für alle Dorfbewohner. Das ganze Jahr über freuten sich alle darauf und waren bereits tagelang vorher mit den Vorbereitungen beschäftigt. Für die Jugend war es etwas ganz besonderes, denn sie konnten dort den einen oder anderen Kontakt knüpfen und zum

Tanz auffordern. Natürlich immer unter den strengen Augen der Älteren. So war es auch in jenem Sommer und während er erzählte, blickte er immer wieder zu der Nachbarin.

Marinellas Mutter war das nicht entgangen und sie schaute nun auch zu ihrer Nachbarin. Diese saß mit gesenktem Blick am Tisch und ihr Gesicht hatte eine unnatürliche Röte angenommen. Aha, gleich würde ihr Mann wohl die Katze aus dem Sack lassen und sie war gespannt, auf das, was ihr Mann noch zu erzählen hatte.

Marinellas Vater sprach weiter und er meinte, er könne sich noch ganz genau an jenen Sommer erinnern. Er hatte sich ein Mädchen auserwählt mit dem er unbedingt die Tarantella tanzen wollte. Die Musiker begannen zu spielen und ich bin zu ihrem Tisch gegangen, um ihre Eltern um Erlaubnis zu bitten, mit ihrer Tochter zu tanzen.

„Warum wärmst du jetzt diese alte Geschichte auf", keifte die Nachbarin.

Marinella und ihre Mutter schauten verdutzt und ihr Vater brach wieder in schallendes Lachen aus.

Dann sprach er weiter über damals. Die Eltern des Mädchens erlaubten ihm mit ihrer Tochter zu tanzen.

Wir gingen beide zur Tanzfläche und mischten uns zwischen die tanzenden Paare. Es war eine Kreis-Tarantella bei der sich alle an den Händen hielten um später, dann als einzelnes Paar, sich im Kreis zu drehen. Der Moment des loslassen war gekommen und ich zog meine Tanzpartnerin ganz eng an mich und wir drehten uns im Kreis. Sie ließ es geschehen......

„Nun denkt euch, was ihr wollt und

du, meine schöne Tänzerin von damals, er blickte die Nachbarin an, höre auf so einen Unsinn zu verbreiten.

Es ist weder unanständig noch sonst etwas, wenn man eng miteinander tanzt. Vor allem sollte niemand über etwas reden, was er selbst in seiner Jugend tat. Gib Frieden jetzt und komm nächsten Samstag mit deiner Familie zum Tango Abend; du wirst sehen, es ist harmlos und macht sehr viel Spaß. Am besten vergessen wir das Ganze und trinken jetzt noch einen Espresso zusammen und essen von dem leckeren Mandelkuchen den meine Frau gebacken hat, bevor du wieder heim gehst", sagte mein Vater zu unserer Nachbarin und tätschelte ihren Arm.

Marinella holte den Kuchen und ihre Mutter kochte den Espresso.

Die Gemüter hatten sich beruhigt und

so konnten sie den Kaffee und Kuchen in Ruhe genießen. Sie plauderten noch eine Weile und dann verabschiedete sich die Nachbarin.

„Davon hast du mir aber nie etwas erzählt", sagte Marinellas Mutter zu ihrem Mann und lachte.

„Ich hatte es längst vergessen und es ist auch nicht wichtig; doch als ich ihre Worte hörte, fiel es mir wieder ein und ich konnte nicht anders, ich musste ihr eine kleine Lektion erteilen", erwiderte Marinellas Vater und lachte ebenfalls.

Marinella musste auch lachen. Sie war stolz auf ihren Vater. Hatte er doch prompt und richtig reagiert und die Nachbarin in ihre Schranken gewiesen.

„Ich bin gespannt, ob unsere liebe Nachbarin am kommenden Samstag mit ihrer Familie in die Tango Bar kommt. Wir werden auf alle Fälle dort wieder hingehen, denn ich möchte auch Tango tanzen lernen. Mir kribbelt es jetzt schon in den Beinen wenn ich nur an die Musik denke", sagte er und schaute seine Frau strahlend an. Seine Frau strahlte zurück, denn auch sie mochte gerne tanzen und einen neuen Tanz lernen, das würde auch ihr Spaß machen.

„Was meinst du, Marinella, es hat dir dort doch auch Spaß gemacht, oder?", fragte ihr Vater.

Marinella nickte; sagte aber nichts.

„Lasst uns noch einen Spaziergang ans Meer machen. Der Abend ist so schön. Ein wenig Bewegung und die frische Meeresluft atmen wird uns allen gut tun", sagte Marinellas Mutter und alle waren einverstanden.

Sie zogen schnell ihre Schuhe an und gingen runter zum Meer.

Es wehte eine frische Brise und schon nach kurzer Zeit spürte man einen salzigen Geschmack auf den Lippen. Es waren noch viele Leute am Strand und auf der Promenade, sodass es nicht ausblieb, hier und da in ein Gespräch verwickelt zu werden. Marinella hatte zwei ihrer Freundinnen entdeckt und gesellte sich zu ihnen. Die Mädchen freuten sich als Marinella zu ihnen kam, denn sie hatten sich schon eine Weile nicht gesehen. Es gab sehr viel Neues zu berichten. Ihre Freundinnen arbeiteten beide in der Bibliothek, die zur Universität gehörte und sie hatten täglich Kontakt mit den Studenten und Professoren. Da gab es immer viel zu erzählen. Auch hatten sie schon gehört, dass in der Tango Bar ein Tanzkurs stattfindet und sie wollten nächsten Samstag dort hingehen.

„Du warst doch mit deinen Eltern dort; erzähle uns, wie es war", fragten ihre Freundinnen fast, wie aus einem Mund.

Gerade, als sie ihnen antworten wollte, sah sie Paolo, der direkt auf sie zukam. Ihr blieb das Wort im Hals stecken und sie merkte, wie ihr Herz heftiger zu schlagen begann. Paolo winkte ihnen zu und kam eiligst näher. Bei den Mädchen angekommen, stellte er sich Marinellas Freundinnen erst einmal vor und begrüßte dann Marinella. Er strahlte sie an und tat so, als würde er es nicht bemerken, dass ihr Gesicht von Röte überzogen war. Er hielt ihre Hand fest in seiner Hand, als wollte er sie nie mehr loslassen. Am liebsten wäre sie im Erdboden versunken.

Abrupt ließ er ihre Hand los und verabschiedete sich von den Dreien.

Ihre Freundinnen lachten. Sie hatten es mitbekommen, dass Paolo Marinellas Hand gar nicht wieder loslassen wollte und Marinella sehr verlegen war.

„Bist du in ihn verliebt?", fragten sie.

Marinella verneinte die Frage, aber sie konnte nicht verhindern, dass ihr Gesicht noch mehr Farbe bekam.

Die Freundinnen lachten und meinten, dass sie jetzt in eine Bar gehen sollten um ein Eis zu essen. Marinella hielt Ausschau nach ihren Eltern um ihnen Bescheid zu sagen, wohin sie gingen, als sie diese auch schon ankommen sah. Ihre Eltern begrüßten die Mädchen und fragten, ob sie auch Lust auf ein Eis haben. Marinellas Freundinnen lachten und meinten, dass sie genau das gerade beabsichtigt hatten.

„Ihr seid eingeladen", sagte Marinellas Vater; hakte die beiden Mädchen unter und ging mit ihnen los. Marinella hakte sich bei ihrer Mutter ein und so gingen sie alle zusammen in die nächste Bar um ein Eis zu essen. Es war eine lustige Runde und man hatte sich viel zu erzählen. Der Mond stand schon am Himmel als sie endlich aufbrachen. Da sie dieselbe Richtung hatten, machten sie sich gemeinsam auf den Heimweg. Die beiden Mädchen wohnten nur drei Häuser weiter als Marinella und ihre Eltern und Marinellas Vater begleitete sie noch sicher nach Hause. Marinella war mit ihrer Mutter schon ins Haus gegangen. Sie wollten das Abendessen fertig stellen, damit sie gleich essen konnten, wenn der Vater nach Hause kommt.

„Marinella, ich habe gesehen, dass Paolo bei euch stand. Was wollte er denn?", fragte ihre Mutter.

Marinella druckste ganz verlegen herum und sagte:

,,Paolo wollte uns nur begrüßen und meine Freundinnen kennenlernen".

Es war ihr unangenehm über Paolo zu sprechen und ihre Mutter bemerkte es sofort.

Sie hat sich in ihn verliebt und weiß es nur noch nicht, dachte sie bei sich.

Ihr Mann kam zur Tür herein und ging gleich ins Badezimmer um sich die Hände zu waschen. Als er in die Küche kam, stand das Essen auf dem Tisch und alle ließen es sich gut schmecken.

Dann tranken sie noch einen Espresso um gleich anschließend in ihre Betten zu verschwinden.

Es war ein schöner Tag und schnell schliefen sie tief und fest. Nur das laute schnarchen des Vaters war im ganzen Haus zu hören.

Die Woche war schnell vergangen und außer, dass der Pfarrer gekommen war um ihnen ihre Aufgaben bei der Versorgung des Dorfes mitzuteilen, war nichts weiter passiert.

Heute war Samstag und am Abend wollten sie wieder in die Tango Bar gehen. Marinella war nicht wohl bei dem Gedanken und sie zu ihren Eltern, dass sie lieber zu Hause bleiben wollte. Doch das ließ ihr Vater nicht gelten; er hatte sich schon die ganze Woche auf diesen Abend gefreut und er wollte, dass seine Tochter mitkommt. Seine Frau hatte mit ihm gesprochen und er wusste, warum Marinella nicht gehen wollte, doch manchmal muss man dem Glück eines Menschen ein bisschen nachhelfen. Marinella war ja noch nie verliebt und kannte diese Gefühle nicht, aber er fand, dass Paolo der

Richtige für sie ist. Marinella gehorchte und machte sich langsam für den Abend zurecht. Sie zog ein schönes Kleid an und dazu die neuen Schuhe, die sie sich letzte Woche gekauft hatte. Ihre Haare, die sie sonst immer zusammengebunden hatte, ließ sie jetzt lang und lockig herunter hängen. Sie gingen ihr fast bis zur Taille und sie sah wunderschön aus. Auf Make up oder ähnliches verzichtete sie völlig. Sie war von der Sonne braun gebrannt und ihre dunklen Augen wirkten dadurch noch dunkler. Sie war mit ihrem Spiegelbild zufrieden.

Marinella ging zu ihren Eltern und als ihr Vater sie sah, sagte er zu ihrer Mutter:

„Wer ist diese wunderschöne junge Dame?".

Ihre Mutter lachte und meinte:

„Ich habe keine Ahnung, der Wind wird sie wohl zu uns getragen haben".

Vater und Mutter sahen sich glücklich an. Was für eine schöne und auch kluge Tochter sie doch haben, dachten beide.

Es klopfte an der Tür und als Marinella öffnete, sah sie dort ihre Freundinnen, mitsamt ihren Familien, stehen. Sie alle wollten heute in die Tango Bar und waren gekommen um Marinella und ihre Eltern abzuholen.

Das war eine Freude auf beiden Seiten und munter plaudernd zogen sie los.

Die Tango Bar war nicht weit weg und so waren sie schnell am Ziel. Paolo stand im Türrahmen seiner Bar und hatte die ankommenden Gäste schon gesehen. Er hatte es sich gewünscht, dass Marinella kommt und nun sah er sie in ihrem hübschen Kleid daher kommen. Paolo freute sich, denn er hatte Gefallen an ihr gefunden und konnte sich noch gut an das Gefühl erinnern, als er sie beim Tanz im Arm hielt. Er ließ sich aber nichts anmerken und begrüßte die Gäste freundlich und charmant.

Die neuen Gäste hieß er willkommen und wünschte auch ihnen einen schönen Abend und viel Spaß.

Sie gingen alle in die Bar und hielten nach einem großen Tisch Ausschau. Doch der einzige große Tisch, an dem sie alle Platz gefunden hätten, war schon besetzt und so schoben sie schnell zwei Tische zusammen. Im Hintergrund ertönte leise Musik und die Stimmung in der Bar war gut. Marinella sah sich um und registrierte, dass die meisten Leute, die letzten Samstag da waren, heute auch wieder gekommen sind.

Marinellas Mutter glaubte ihren Augen

nicht zu trauen, als ihre Nachbarin, die noch vor einigen Tagen so über die Bar geschimpft hatte, mit ihrer ganzen Familie herein kam. Sie schaute sich um und als sie Marinellas Mutter sah, kam sie mit ihrer Familie zu ihr an den Tisch.

„Lasst uns noch einen Tisch dazu stellen, wenn es euch recht ist, dann müssen wir nicht alleine an einem Tisch sitzen", bat sie.

„Ja, kommt nur, wir freuen uns", sagte Marinellas Vater und schaute sich gleich nach einem freien Tisch um.

Gesagt, getan und nun saßen sie alle, wie eine große Familie, zusammen. Es wurde gelacht und gescherzt und nebenbei wurde immer wieder von dem Rotwein eingeschenkt, den Paolo ihnen hat bringen lassen. Zum Glück hatten sie gut zu Abend gegessen, sonst würden sie wohl später nicht mehr geradeaus nach Hause gehen können; denn der Abend war noch lang. Dieser selbstgemachte Rotwein war nicht ohne. Er schmeckte auch nur allzu gut und er trank sich wie frischer Traubensaft. Doch schon nach dem zweiten Glas spürten sie die Wirkung. Die Frauen beschlossen keinen Wein mehr zu trinken und orderten Wasser und Espresso. Gerade, als der Kellner das gewünschte an den Tisch brachte, kam Paolo herein und schloss die Tür hinter sich. Es würde also gleich losgehen und alle blickten zur Bühne auf der Paolo jetzt stand.

„Liebe Freunde, ich heiße euch alle herzlich willkommen und wünsche euch einen unvergesslichen, wunderschönen Abend. Zuerst werden Dolores und ich für euch einen Tango tanzen damit wir alle gleich in die richtige Stimmung kommen. Die meisten von euch kennen es ja schon vom letzten Samstag, aber ich sehe auch einige neue Gesichter, die unseren Tango noch nicht gesehen haben", sagte Paolo und rief Dolores auf die Bühne.

Als sie auf der Bühne erschien ging ein Raunen durch das Publikum. Dolores sah umwerfend aus in ihrem Kleid, das ihre schmale, doch wohlproportionierte Figur so richtig zur Geltung brachte.

Die langen dunklen Haare hatte sie zu einem Knoten zusammengesteckt und mit etwas Goldstaub besprüht. Sie war wunderschön.

Dolores verneigte sich vor den Gästen und winkte dann die Musiker herein.

Die Musiker begannen zu spielen und Paolo und Dolores fingen an zu tanzen. Gebannt schauten alle auf die Bühne.

Die Musik und das tanzende Paar; ein Feuerwerk; knisternde Spannung lag in der Luft. Atemlos verfolgten alle den aufregenden Tanz und als die Musik endete war für einen kurzen Moment Stille in der Bar. Doch dann sprangen die Gäste von den Stühlen und applaudierten wie wild. Jubel brach aus, der nicht enden wollte.

Paolo und Dolores verbeugten sich tief vor den applaudierenden Gästen. Sie freuten sich sehr, dass es den Leuten so gut gefallen hat und verschwanden dann hinter der Bühne.

Alle Anwesenden unterhielten sich lautstark und die beiden Kellner hatten alle Hände voll zu tun, die Leute mit Getränken zu versorgen.

Auch am Tisch von Marinella wurde eifrig diskutiert. Sogar die Nachbarin stimmte zu, dass es ihr gut gefallen hat und das die Tango Musik einfach himmlisch war. Guck einmal an, dachten Marinellas Eltern bei sich; erst meckern über das Unbekannte und nun voll begeistert sein. Aber, besser so, als umgekehrt und die Darbietung von Paolo und Dolores war wirklich sensationell. Schließlich waren beide in ihrer Heimat jahrelang die Meister im Tango-Tanz. Privat waren sie nie ein Paar und Dolores hatte Paolo nur begleitet um ihm den Einstieg, hier im fremden Land, zu erleichtern, denn ohne Partnerin hätte er nie die Tango Bar eröffnen können.

Sie wollte nur so lange bleiben, bis er eine neue Tanzpartnerin gefunden hat. Darum bot Paolo den Tanzunterricht kostenlos an.

Es war ein fantastische Stimmung in der Bar und als Paolo nach einer Weile die Bühne betrat, musste er um Ruhe bitten, da er einige Worte an die Gäste richten wollte.

„Liebe Freunde, ich bin so glücklich, dass ihr alle gekommen seid und ich danke euch dafür. Heute wollen wir noch einmal die Tango Schritte vom letzten Mal üben und danach werdet ihr die nächsten Schritte lernen", sagte er und winkte Dolores auf die Bühne.

Die Musiker begannen zu spielen und sie machten die Schritte noch einmal vor.

„Jeder sucht sich jetzt eine Partnerin oder einen Partner und wir können beginnen", sagte Paolo.

Dann ging er mit schnellen Schritten von der Bühne und direkt an den Tisch, an dem Marinella saß. Er verbeugte sich höflich vor ihren Eltern und fragte, ob er mir ihrer Tochter tanzen darf. Ihre Eltern hatten nichts dagegen und so bat er Marinella mit ihm zu tanzen. Ihre Freundinnen schauten sie erwartungsvoll an und Marinella spürte, dass sie rot an lief. Es war ihr äußerst peinlich, doch bevor sie antworten konnte, hatte Paolo schon ihre Hand ergriffen und zog sie mit sich fort auf die Bühne. Er hatte wohl gemerkt, dass Marinella am liebsten im Erdboden versunken wäre, aber er war ein Mann und wusste mit der Situation umzugehen. Er gab den Musikern ein Zeichen, umfasste Marinella und fing sofort an mit ihr die ersten Schritte zu tanzen. Selbst, als Marinella sich einmal vertat, hatte er alles fest im Griff und niemand bemerkte etwas. Die meisten Gäste waren sowieso damit beschäftigt, die Tanzschritte nach zu tanzen. Auch Marinellas Eltern hatten sich auf die Tanzfläche begeben, denn den Tango wollten sie unbedingt lernen.

„Die Beiden werden noch ein Paar", flüsterte Marinellas Mutter ihrem Mann ins Ohr.

„Ich habe nichts dagegen, denn ich denke, sie passen sehr gut zueinander; warten wir ab", erwiderte ihr Mann.

Auch Marinellas Freundinnen wurden zum Tanz aufgefordert und hatten ihren Spaß.

Nachdem alle die ersten Tango Schritte mehrmals geübt hatten, zeigte Paolo mit Marinella im Arm, den Gästen nochmals die nächsten Schritte.

Doch, Musik hatten sie alle im Blut und so lernten sie schnell und waren begeistert bei der Sache.

Die Nachbarin war mit ihrem Mann am Tisch sitzen geblieben: ihr Mann konnte absolut nicht tanzen, aber er hatte trotzdem seinen Spaß und der Rotwein war schließlich auch sehr lecker.

Die Musik verstummte und Paolo sagte:

„Wir machen jetzt eine kleine Pause und danach geht es weiter".

Alle Paare setzten sich und Paolo brachte Marinella zurück an den Tisch. Er konnte es sich nicht verkneifen und gab ihr galant einen zarten Kuss auf die Hand. Marinella wäre am liebsten raus gelaufen, aber stattdessen saß sie wie erstarrt auf ihrem Stuhl.

„Nachher komme ich wieder", sagte Paolo leise zu ihr und grinste.

Es war Marinellas Eltern nicht entgangen, dass ihre Nachbarin und ihr Mann nicht getanzt hatten; doch war es leider auch auf den Festen im

Dorf so; der Nachbar konnte einfach nicht tanzen. Außer, er hatte zu viel Wein getrunken, dann traute er sich schon auf die Tanzfläche, aber nur, um sich im Kreis zu drehen, was natürlich zur Belustigung aller war. Der Nachbarin war das immer peinlich und so passte sie heute Abend auf, dass ihr Mann nicht zu tief ins Glas schaut.

Marinellas Vater flüsterte seiner Frau etwas ins Ohr und seine Frau fing an zu lachen.

„Mach das", flüsterte sie zurück und gab ihrem Mann einen zärtlichen Kuss.

Marinellas Freundinnen hatten nichts besseres zu tun, als sie ein wenig zu necken. Marinella bestritt, dass ihr Paolo gefiel und verschwand zur Toilette. Dort kühlte sie erst einmal ihr heißes Gesicht und versuchte ihre innere Ruhe wieder zu gewinnen. Sie musste an Paolo denken und wieder begann ihr Herz heftig zu pochen. Sie wollte morgen einmal mit ihrer Mutter darüber sprechen, dachte sie bei sich, bürstete noch einmal ihre Haare und ging wieder zurück zu ihrem Tisch.

,,Ist alle in Ordnung''? fragte ihre Mutter.

Marinella nickte nur und trank einen Schluck Wasser, als auch schon Paolo auf der Bühne erschien.

Er hatte sich umgezogen und teilte seinen Gästen mit, dass der Tanzkurs jetzt weiter geht. Er würde ihnen noch einmal mit seiner Tanzpartnerin die Schritte zeigen und danach sollten alle auf die Tanzfläche kommen und mit tanzen. Lässig kam er von der Bühne herunter und steuerte geradewegs auf Marinella zu. Er nahm ihre Hand und zog sie einfach mit auf die Bühne.

Marinellas amüsierte sich köstlich über den Anblick. Seine Tochter machte ein Gesicht wie ein Schaf, das zur Schlachtbank geführt wird.

Die Musiker begannen zu spielen und Paolo und Marinella fingen an zu tanzen. Es klappte schon richtig gut. Die anderen Paare hatten sich bereits auf der Tanzfläche eingefunden und konnten es kaum erwarten auch zu tanzen.. Die Musik ging ins Blut und der Rotwein verfehlte auch nicht seine Wirkung. Die Stimmung war einfach super und sie hatten so viel Spaß.

Paolo und Marinella beendeten ihren Tanz auf der Bühne und mischten sich unter die Gäste auf der Tanzfläche.

„Jetzt alle!" rief Paolo laut und fing sogleich mit Marinella an zu tanzen. Die Tanzfläche war nicht sehr groß und ab und an gab es eine kleine Rempelei.

Aber das konnte ihren Eifer nicht bremsen; sie wollten den Tango lernen. Marinella hatte es mitbekommen, dass ihre Eltern am Tisch sitzen geblieben waren und sie wunderte sich. Wollten doch beide auch den Tango lernen und hatten sich auf den heutigen Abend schon die ganze Woche gefreut. Auch die Nachbarin und ihr Mann saßen am Tisch und schauten den tanzenden Paaren zu.

„Jetzt ist es soweit", raunte Marinellas Vater seiner Frau ins Ohr.

Er stand auf, verbeugte sich vor der Nachbarin und bat sie, mit ihm zu tanzen. Die Nachbarin lehnte ab und wurde puterrot im Gesicht.

Doch da sagte ihr Mann:

„Zier dich nicht und tanz, er ist doch kein Fremder und außerdem magst du doch gerne tanzen. Ich kann ja nicht tanzen und werde derweil noch einen Rotwein trinken während ich euch zuschaue".

Marinellas Vater zog, die sich noch immer sträubende Nachbarin, auf die Tanzfläche nahm sie in seine Arme und begann mit ihr zu tanzen. Lachend fragte er sie:

„Ist es nun schlimm, dass wir so eng miteinander tanzen?".

Sie gab ihm keine Antwort, aber er spürte, dass sie gefallen an dem Tanz hatte und sich ihre Verkrampfung lockerte. Sie konnten noch immer gut zusammen tanzen. Nach dem Tanz brachte Marinellas Vater sie höflich zurück an ihren Platz.

Er ergriff die Hand seiner Frau um mit ihr den nächsten Tanz zu tanzen. Seine Frau ließ sich willig auf die Tanzfläche führen und meinte nur lachend:

„Ein Schelm bist du schon, aber ich denke, du hast damit erreicht, was du erreichen wolltest".

Die Musik erklang und beide tanzten hingebungsvoll. Auch ihre Tochter und Paolo wiegten sich im Tango-Schritt.

Jeder schöne Abend hat auch einmal ein Ende. Paolo brachte Marinella zurück an den Tisch und bedankte sich noch einmal bei ihr.

Danach bedankte er sich bei seinen Gästen und wünschte allen einen guten Heimweg.

Die Gäste gingen hinaus in die Nacht und nur der Mond warf sein fahles Licht auf den Weg.

Es war auch heute wieder weit nach Mitternacht und Marinella und ihre Eltern gingen sofort zu Bett.

Sie schliefen tief und fest und als sie erwachten, stand die Sonne bereits hoch am Himmel. Sie sprangen aus ihrem Betten und machten sich für den Kirchgang fertig. Derweilen kochte in der Küche schon der Espresso, den Marinellas Mutter schnell aufgesetzt hatte. Sie mussten sich wirklich beeilen um nicht zu spät in die Kirche zu kommen.

Alles war wie immer und sie wollten sich gerade auf den Heimweg machen, als sie Paolo an der Straße sahen. War er auch in der Kirche und sie hatten ihn vorher nicht gesehen?

Sie gingen auf ihn zu und begrüßten ihn herzlich. Ohne noch lange drum herum zu reden sagte Marinellas Vater: „Du kannst mit uns zu Mittag essen, wir würden uns sehr freuen und dann können wir uns näher kennenlernen".

Marinella sah ihre Mutter an, doch diese reagierte nicht darauf. Sie wusste ja, wie es um ihre Tochter stand und das Paolo ein Auge auf sie geworfen hatte, war nicht zu übersehen.

„Du bist uns herzlich willkommen", sagte auch sie zu Paolo.

Paolo nahm die Einladung dankend an und so gingen sie gemeinsam nach Hause. Während der ganzen Zeit sagte Marinella nicht ein einziges Wort. Zu Hause angekommen ging sie gleich mit ihrer Mutter in die Küche um sich mit ihr um das Mittagessen zu kümmern. Ihr Vater und Paolo hatten es sich im Wohnzimmer gemütlich gemacht und unterhielten sich sehr angeregt. Sie verstanden sich auf Anhieb und fasste Paolo den Mut, Marinellas Vater zu gestehen, dass er sich in seine Tochter verliebt hat.

„Vom ersten Moment, als ich sie sah, wusste ich, sie ist die Richtige Frau für mich", sagte er zu Marinellas Vater.

Dieser blickte Paolo an und sah in dessen Augen, dass es ihm ernst war mit dem, was er sagte. Er ließ sich nicht anmerken, dass er es schon geahnt hatte und seine Tochter wohl auch so empfindet. Er hoffte, dass Mutter und Tochter in der Küche die Gelegenheit nutzten, um ein Gespräch von Frau zu Frau über Paolo zu führen. So lange er nicht eindeutig wusste, wie seine Tochter dazu stand, wollte er Paolo keine verbindliche Antwort geben und er sagte nur:

„Nach dem Essen sollten wir alle einen Spaziergang am Meer entlang machen. Das ist eine gute Gelegenheit, dass auch meine Frau und meine Tochter dich besser kennenlernen; draußen spricht sich leichter und unbefangener als zu Hause".

Paolo war sofort mit dem Vorschlag einverstanden und beide Männer setzten ihre Unterhaltung fort.

Inzwischen hatte Marinella in der Küche sich ein Herz gefasst und ihrer Mutter von ihren Gefühlen erzählt, sobald es um Paolo ging. Ihre Mutter nahm sie in den Arm und sagte:

„Du bist verliebt, mein Kind. Diese Gefühle kenne ich auch. Damals war es bei mir auch so; es brauchte nur jemand den Namen deines Vaters erwähnen und in mir stieg es heiß hoch. Ich erinnere mich nur allzu gut. Auch für mich war es das erste verliebt sein und ich konnte meine Gefühle nicht richtig deuten. Ich vertraute mich auch meiner Mutter an und sie gab mir gute Ratschläge, die ich jetzt an dich weitergeben werde".

Sie erzählte Marinella was ihre Mutter

ihr damals sagte und Marinella hörte aufmerksam zu. Das Essen in den Töpfen brodelte auf dem Herd vor sich hin und im Moment brauchten sie sich nicht darum zu kümmern. Lange erzählte Marinellas Mutter von jener Zeit, als es mit ihrem Mann anfing.

„Du siehst also, dass es wohl fast jedem jungen Mädchen so geht, wie jetzt dir und bei den jungen Männern ist es auch nicht viel anders. Das weiß ich von deinem Vater; für ihn war ich auch seine erste Liebe. Bei Paolo bin ich mir nicht sicher, da er schon einige Jahre älter ist, aber ich denke, er würde sehr behutsam mit dir sein und dich respektieren und achten. Soweit ich es beurteilen kann, ist er ein guter Mensch", endete Marinellas Mutter.

Sie gab ihrer Tochter noch einen Kuss und dann deckten beide den Tisch, denn das Essen war fertig. Marinellas Mutter ging zum Wohnzimmer und bat Paolo und ihren Mann zu Tisch.

Gemeinsam genossen sie das leckere Essen. Paolo lobte es in den höchsten Tönen und meinte, es würde so gut schmecken wie bei seiner Mutter. Sie hatte auch immer italienisch gekocht.

So ganz locker war die Stimmung nicht, aber auch nicht angespannt. Paolo erzählte aus seinem Leben und alle hörten ihm aufmerksam zu und stellten ihm hin und wieder Fragen. Es war alles sehr interessant was Paolo zu berichten hatte und allen war klar, dass er schon einiges erlebt hatte. Er erzählte auch davon, dass seine Mutter als kleines Kind mit ihren Eltern nach Argentinien ausgewandert war, aber immer noch sehr gut italienisch sprach und die alten italienischen Kochrezepte von ihrer Mutter bekommen hatte. Seine Großmutter litt sehr in der Fremde, sie wollte immer wieder nach Hause; nach Italien in ihr kleines Dorf. Aber damals war die Armut so groß, dass ihnen keine andere Wahl blieb, als weg zu gehen. Seine Mutter gewöhnte sich schnell ein. Sie hatte viele Spielkameraden und die Sprache lernte sie schnell. Doch hatten ihre Eltern mit ihr immer italienisch gesprochen und dafür gesorgt, dass sie sich bewusst ist, wo ihre Wurzeln sind. Deshalb freute sie sich ja auch, als er ihr mitteilte, dass er nach Italien reisen würde um sich dort einmal umzusehen. Falls es ihm hier gefallen würde, sollte seine Mutter zu ihm kommen, da sie alleine ist, seit sein Vater vor 3 Jahren gestorben ist. Wenn Dolores zurück nach Argentinien geht, will ich ihr das

Geld für ein Ticket für meine Mutter mitgeben. Sie kann dann in aller Ruhe ihren Haushalt auflösen und dann zu mir kommen. So hatten wir beide es besprochen als ich ging. Ich habe jetzt die Möglichkeit das Haus vom alten Valentino zu kaufen und es ist groß genug, damit alle darin Platz haben. Eine schöne Lage hat es auch und einen sehr großen Garten. Meine Mutter wird sich wohl darin fühlen und ich hoffe, die Frau, die ich einmal heiraten werde auch.

Er blickte in die Runde und als sein Blick auf Marinella traf, sah er dass sie verlegen war und ihr Gesicht wieder diese feine Röte hatte.

,,Deine Mutter wird sich in dem Haus bestimmt wohl fühlen, ich kenne es und es ist mehr als ausreichend Platz Platz dort. Lasst uns jetzt noch einen

Espresso zusammen trinken", sagte Marinellas Mutter und stand auf um den Kaffee zu kochen.

„Nach dem Kaffee wollen wir einen Spaziergang zum Strand machen, das habe ich mit Paolo so abgesprochen; wenn ihr wollt, könnt ihr uns ja begleiten", sagte ihr Vater und lachte.

„Das könnte euch so passen, allein zum Strand zu gehen; natürlich kommen wir mit", scherzte seine Frau zurück und nun musste auch Marinella lachen.

Sie tranken ihren Kaffee und satt und zufrieden spazierten sie wenig später zum Strand. Der Strand und die Promenade waren fast menschenleer, denn um diese Zeit hielten alle Siesta. So konnten sie ganz gemütlich und in aller Ruhe die Promenade bis hinunter zum kleinen Hafen gehen. Marinellas

Eltern gingen Arm in Arm und so blieb ihr nichts anderes übrig, als neben Paolo zu gehen. Er verwickelte sie sofort in ein Gespräch und brachte sie zum lachen. Der Bann war gebrochen und Marinella fand Gefallen an dem Gespräch mit Paolo. Ihre Hemmungen hatten sich gelegt und sie konnte ihm Rede und Antwort stehen und mit ihm scherzen.

Was ihre Eltern, die hinter ihnen gingen, wohlwollend registrierten.

Am Hafen angekommen, kauften sie sich in der kleinen Bar ein paar Getränke und suchten sich am Strand ein schattiges Plätzchen. Schön war es hier und so friedlich und still.

Sie schauten über das Meer, beobachteten die Wellen und hingen ihren Gedanken nach. Es wehte ein frischer Wind, aber es war noch immer warm obwohl es bereits Herbst war. Auf einmal hörten sie ein leises schnarchen. Marinellas Vater war doch tatsächlich eingeschlafen.

„Der letzte Abend fordert seinen Tribut, er ist eben nicht mehr der Jüngste", meinte Marinellas Mutter lachend.

Marinella und Paolo mussten auch leise lachen.

„Lassen wir ihn ein wenig schlafen, aber ihr könnt, wenn ihr wollt, ein wenig am Strand laufen; ich bleibe hier bei meinem Mann sitzen und bewache seinen Schlaf", sagte sie zu ihrer Tochter und Paolo.

„Gerne, wenn du magst?", sagte Paolo und sah Marinella fragend an.

„Gut, gehen wir ein wenig spazieren und schauen, ob wir Muscheln finden", antwortete Marinella und stand auf.

Marinellas Mutter freute sich, dass die Beiden jetzt unbefangen miteinander umgehen konnten und hier am Strand konnte sie ihre Tochter ja im Auge behalten; sodass es kein Grund zum Gerede geben konnte, wenn Leute sie zusammen sahen. So aufgeschlossen sie und ihr Mann auch waren, die ungeschriebenen Gesetze hier im Dorf, befolgten sie.

So saß sie bei ihrem Mann und blickte den Strand entlang.

Marinella und Paolo verstanden sich immer besser und als er sie fragte, ob er sie wiedersehen darf, und nicht nur in der Bar beim Tango tanzen, da sagte Marinella -ja-.

Ihr Herz pochte laut, aber diesmal war ihr klar, warum es so heftig pochte, sie war verliebt in Paolo.

Am liebsten hätte Paolo ihre Hand

genommen und sie zärtlich geküsst, aber er tat es nicht. Wusste er wohl um die ungeschriebenen Gesetze und er wollte Marinella nicht schaden. In seiner Heimat war das anders, viel freier und niemand hätte sich etwas dabei gedacht, wenn er Marinella an die Hand genommen hätte, ja, nicht einmal, wenn er sie hier am Strand geküsst hätte ohne, dass sie verheiratet waren.

Aber hatte sich nun einmal entschieden hier in diesem kleinen Dorf zu leben und musste die Sitten und Gebräuche akzeptieren und respektieren.

„Lass uns jetzt langsam zurück gehen, Marinella, deine Eltern warten sicher schon auf uns", sagte er, denn er merkte, dass es ihm schwer fiel, sie nicht in seine Arme zu nehmen.

Sie machten sich auf den Rückweg

und von weitem sahen sie, dass Marinellas Vater ausgeschlafen hatte und neben seiner Frau saß. Ihre Eltern erhoben sich und gingen ihnen entgegen.

,,Lasst uns jetzt nach Hause gehen. Paolo, du kannst, wenn du magst, noch mit uns kommen und einen Espresso bei uns trinken. Ein Stück Mandelkuchen für jeden habe ich auch noch dazu", sagte Marinellas Mutter.

Paolo willigte ein und so schlenderten sie auf dem Rückweg gemütlich am Strand entlang. Die Zeit der Siesta war vorbei und immer mehr Menschen kamen zum Strand oder spazierten auf der Promenade. Immer wurden ein paar freundliche Worte miteinander gewechselt bevor sie weiter gingen.

Zu Hause angekommen, setzte Marinellas Mutter den Kaffee auf und

Marinella schnitt den Kuchen an. Ihr Vater holte Teller und Tassen aus dem Schrank und deckte den Tisch. Paolo hätte gerne etwas geholfen, aber Marinellas Vater sagte ihm, dass er sich schon an den Tisch setzen kann, es gibt nichts für ihn zu tun.

Es wurde eine gemütliche Kaffeerunde und im Laufe des Gesprächs erzählte Paolo, dass er Marinella gefragt hatte, ob sie sich mit auch so einmal treffen möchte und nicht nur in der Bar zum Tango tanzen. Er erzählte, dass Marinella damit einverstanden war und bat ihre Eltern um die Erlaubnis, ihre Tochter zu treffen.

„Das muss ich mir noch ganz genau überlegen", polterte Marinellas Vater los.

Alle sahen ihn erstaunt an, aber der Schalk in seinen Augen verriet, dass er nur einen Spaß gemacht hatte.

„Was meinst du dazu", fragte er seine Frau, „sollen wir das gestatten?".

Marinellas Mutter lachte und meinte nur, dass sie nichts dagegen hat. Sie fügte noch hinzu, dass Paolo sich darüber im klaren sein muss, dass er nicht alleine mit Marinella ausgehen kann; eine weitere Begleitung würde immer mitkommen.

Paolo sagte, dass ihm die Regeln hier bekannt sind und er sich daran halten würde.

„Ich würde gerne am Mittwoch, dann ist doch hier ein Feiertag, mit euch zusammen weiter raus aufs Land fahren zur Apfelernte. Wir könnten beim pflücken helfen und für uns auch einige Äpfel ernten. Ich hole euch mit dem Auto ab und die Verpflegung und Getränke bringe ich mit", sagte Paolo.

Alle waren begeistert und fanden es toll.

„Gut, abgemacht, ich hole euch um 10.00 Uhr hier ab und wir machen uns einen schönen Tag", sagte Paolo. Bevor er ging, bedankte er sich noch einmal für das gute Essen und den schönen Nachmittag.

Marinella strahlte über das ganze Gesicht, was ihren Eltern natürlich nicht verborgen blieb. Sie freuten sich für ihre Tochter.

Es war Mittwoch und Paolo holte sie, wie verabredet, pünktlich zu Hause ab. Die Sonne schien und es versprach ein schöner Herbsttag zu werden. Sie konnten gleich losfahren und in einer knappen Stunde hatten sie die riesigen Felder mit den Apfelbäumen erreicht. Es waren schon viele Familien da, die mit dem pflücken beschäftigt waren. Heruntergefallene Äpfel wurden von den Kindern eingesammelt und in extra Körbe gelegt.

Ein Mann kam auf sie zu und sagte ihnen von welchen Bäumen sie pflücken sollten.

Eifrig machten sich alle an die Arbeit und schnell merkten sie, dass die ungewohnte doch sehr anstrengend war. Aber sie hatten Spaß dabei und das war die Hauptsache. Paolo und Marinella pflückten gemeinsam und so hatten sie genug Gelegenheit sich zu unterhalten und um sich besser kennen zu lernen. Ihre Befangenheit war einer unbeschwerten Fröhlichkeit gewichen und ihre Eltern hörten sie lachen und scherzen. Es war herrlich hier und alle Mühe wert. Die Vögel sangen und der Duft der Äpfel erfüllte die Luft.

Die Stunden vergingen schnell und als es Mittagszeit und die Sonne am höchsten stand, beschlossen sie eine Pause zu machen. Paolo und ihr Vater gingen zum Auto um das mitgebrachte Proviant zu holen. Ein Sonnensegel hatte er auch dabei und sie befestigten es an den Bäumen um ein wenig Schatten zu haben. Marinella und ihre Mutter breiteten das Essen auf einer Decke aus und sie ließen es sich schmecken. Paolo hatte wirklich an alles gedacht und der Käse, den er mitgebracht hatte, schmeckte ihnen besonders gut.

Es war ein selbstgemachter Käse den er tags zuvor extra für diesen Ausflug besorgt hatte.

Marinellas Eltern sagten zu Paolo, dass es eine gute Idee war hier her zu fahren. Sie waren noch nie hier, denn sie besaßen kein Auto und eine Bahn- oder Busverbindung gab es hierher nicht. Außerdem gab es für sie auch keinen Grund extra hierher zum Äpfel pflücken zu kommen, da sie die Äpfel auch im Dorf kaufen konnten. Doch als Ausflug um bei der Ernte zu helfen, war es großartig. Sie würden zwar morgen alle einen Muskelkater von der ungewohnten Arbeit haben, aber der ging ja auch wieder vorüber. In erster Linie war der Tag dazu gedacht, dass Marinella und Paolo Zeit miteinander verbringen konnten und miteinander ungestört reden konnten.

Sie hatten gar nicht bemerkt, das zwei kleine Jungs direkt auf sie zu kamen und erst, als die Beiden bei ihnen angelangt waren und auf das Essen guckten, wurden sie auf die Beiden aufmerksam. Sicher waren sie hungrig und Paolo sagte ihnen, dass sie sich zu ihnen setzen sollen. Er fragte nicht lange und gab den Jungs, sie mochten wohl so 4 und 5 Jahre alt sein, ein Stück Brot und Wurst und Käse in die Hand. Sie hatten wirklich Hunger und bissen sofort hinein.

„Sei so gut und gib den beiden noch einen Becher Wasser", sagte er zu Marinella.

Marinella tat, worum Paolo sie gebeten hatte und stellte die Becher mit dem Wasser vor die Beiden. Gierig tranken sie sofort davon um gleich danach weiter zu essen.

Er hat ein gutes Herz und liebt Kinder, dachten Marinellas Eltern. Sie fühlten sich in ihrer Meinung bestätigt, dass Paolo der richtige Mann für ihre Tochter ist. Warten wir ab, wie sich alles mit der Zeit entwickelt.

Es dauerte gar nicht lange, als ein Mann auf sie zukam und sich sofort entschuldigte. Es waren seine Jungs und es war ihm peinlich, dass sie hier gestört hatten und die Leute merkten, wie hungrig seine Kinder waren. Sie hatten zwar von den Äpfeln gegessen, aber das machte hungrige Kinder auch nicht satt.

Sofort sagte Marinellas Vater, dass die Kinder nicht stören und sie eingeladen wurden von Paolo mit uns zu essen.

Der Mann war etwas beruhigt und forderte seine Kinder auf mit ihm zu kommen. Paolo war erfahren genug um die Situation richtig zu deuten und so sagte er zu dem Mann:

,,Hole deine Frau und seid beide unsere Gäste. Wir haben mehr als genug. Wir sind das erste Mal hier und freuen uns, euch kennenzulernen.

Die Situation war gerettet und der Mann ging um seine Frau zu holen. Sie war eine schüchterne junge Frau, die kaum den Blick hob und der man ansah, dass harte Arbeit ihr täglich Brot war. Marinellas Mutter forderte sie auf, sich zu ihr zu setzen. Dann reichte sie ihr Brot, Wurst und Käse. Mit leiser Stimme bedankte sie sich und biss in das Brot.

Paolo hatte inzwischen ihren Mann mit allem versorgt und aus Höflichkeit aßen sie alle auch noch etwas; sie wollten diese Menschen nicht beschämen.

Nachdem sie alle gegessen hatten, holte Paolo noch die mitgebrachten Früchte aus dem Korb und legte sie auf die Decke und langsam entwickelte sich eine Unterhaltung, da die Kinder nun, da sie satt waren, munter drauf los plapperten. Sie erfuhren, dass die kleine Familie jedes Jahr hierher kam um bei der Ernte zu helfen. Sie kamen aus den Bergen und waren den weiten Weg zu Fuß gekommen, da es für sie die einzige Möglichkeit im ganzen Jahr war, einige Lira zu verdienen. Die Kinder brauchen Schuhe und Strümpfe für den Winter; jetzt konnten sie ja noch Barfuß laufen, aber in einem Monat ist es zu kalt dazu. Paolo hatte in seiner Heimat genug bittere Armut gesehen und er wusste nur zu genau, wie die Menschen leiden müssen. In Argentinien hatte er geholfen wo er nur konnte, denn er hatte mit dem Tango tanzen viel Geld verdient. Er überlegte, wie er der Familie helfen konnte ohne sie zu beschämen.

Auch Marinellas Eltern waren ins grübeln gekommen. Gab es doch auch in ihrem Dorf Armut, aber so arg war es nicht, denn die Dorfgemeinschaft fing vieles auf. Anscheinend war es dort nicht so wo die kleine Familie herkam.; oder sie waren alle so arm.

Der Mann erzählte, dass es nur noch sieben Familien in ihrem Dorf gab, alle anderen waren schon lange fort, weil es dort keine Arbeit und nichts gab. Nicht einmal richtige Straßen oder einen kleinen Laden, sie waren abgeschnitten und vergessen vom Rest der Welt. Seine Frau weinte leise vor sich hin.

Nur die beiden kleinen Jungs spielten jetzt vergnügt miteinander. Für sie war die Welt in Ordnung; sie waren satt und zufrieden.

Das war gut so......

Mitten in die, doch etwas gedrückte Stimmung rief Paolo auf einmal:

„Heute ist mein Glückstag! Ich bin froh, dass wir uns hier getroffen haben, denn ich suche für mein Haus ordentliche Leute, die sich um den Garten und einiges andere kümmern. Ein kleines Nebenhaus ist auch auf dem Grundstück, sodass für eine vernünftige Unterkunft auch gesorgt wäre. Wenn das etwas für euch wäre, würde ich mich freuen. Ihr könnt es euch überlegen. Ich würde dann am Sonntag wieder hierher kommen um eure Antwort zu hören".

Jetzt waren alle sprachlos.

Er fügte noch hinzu, dass sie natürlich auch einen angemessen Lohn für ihre Arbeit bekämen.

Tränen liefen über das Gesicht des Mannes, als er sagte:

„Das geht nicht so einfach, denn wir haben noch für meine Mutter und den alten Vater meiner Frau zu versorgen. Ohne sie wären wir schon fort aus dem Dorf, aber mit den beiden alten Leuten ist das unmöglich".

„In dem Haus, dass ich euch angeboten habe, ist Platz für alle; wie gesagt, ich komme am Sonntag um mir deine Antwort zu holen. Jetzt lasst uns noch einen Becher Rotwein trinken".

Er öffnete die Flasche und goss jedem einen guten Schluck in den Becher; die Kinder bekamen Fruchtsaft und alle prosteten sich zu.

Sie blieben noch etwas beieinander, aber dann mussten sie wieder an die Arbeit gehen.

Marinellas Eltern sagten zu Paolo, dass sie sein Angebot an die kleine Familie sehr beeindruckt hat und er ein gutes Herz hat. Doch Paolo winkte ab; wenn ihr die Möglichkeit hättet, würdet ihr dasselbe tun, da bin ich mir ganz sicher. Als sie bei ihren Bäumen angekommen waren, machte sie sich schweigend an die Arbeit. Jeder hing seinen Gedanken nach, denn das, was sie soeben erlebt hatten, ging ihnen unter die Haut, aber sie waren auch froh, dass Paolo die Möglichkeit hat zu helfen.

Es mochten wohl weitere 3 Stunden vergangen sein, als die Pflücker ihre Arbeit niederlegten und ihre Körbe mit den Äpfeln auf einen Karren luden. Doch vorher wurden sie gewogen, denn sie wurden nach Gewicht für ihre Arbeit bezahlt. Der Mann, der ihnen ihre Bäume zugewiesen hatte wog die Körbe und schrieb alles auf. Er sagte ihnen, dass sie jetzt zum Hof gehen können um sich ihren Lohn abzuholen. Das machten sie auch und obwohl sie eigentlich nur zum helfen hierher kamen, freuten sie sich über die wenigen Lira, die sie für ihre Arbeit bekamen. Ein Hungerlohn und doch für viele die einzige Möglichkeit ein paar Münzen zu verdienen. Sie hielten noch Ausschau nach der kleinen Familie, aber sie sahen sie nicht und so machten sie sich auf den Weg zum Auto.

Sie waren sich einig, dass es trotzt allem ein schöner Tag war. Paolo fuhr Marinella und ihre Eltern nach Hause und verabschiedete sich dann auch gleich. Er war etwas müde, aber er musste noch einige Dinge erledigen. Vor allem wollte er sich noch heute um den Kaufvertrag kümmern, bevor Valentino es anderweitig verkauft. Es gab noch weitere Interessenten aus der Kleinstadt, die gerne so ein pompöses

Haus in der Nähe des Meeres kaufen würden um es in den Ferien oder am Wochenende zu nutzen. Doch das wollte der alte Antonio nicht. In seinem Haus sollte eine Familie leben und dort ihre Kinder aufwachsen lassen. Kindergarten und Schule gab es hier im Dorf und die Dorfgemeinschaft würde sich um die Neuen kümmern und ihnen helfen. Paolo parkte sein Auto vor der Bar und ging hinein. Hinter der Bar befand sich ein kleines Haus, das er sich bis jetzt mit den Musikern und Dolores teilte. Er nahm den vorbereiteten Kaufvertrag aus der Schublade und begann ihn noch einmal ganz genau zu prüfen ob auch alles seine Richtigkeit hatte. Als er nichts mehr daran auszusetzen hatte, stand er auf und machte sich mit dem Vertrag auf den Weg zu Valentino.

Valentino saß vor dem Haus und freute sich, als er Paolo kommen sah. Dann will er wohl doch kaufen, dachte er bei sich, denn was sonst, sollte ihn hierher führen. Beide Männer begrüßten sich herzlich und wechselten ein paar Worte bevor Paolo auf den Punkt kam. „Dann lass uns reingehen", sagte Valentino und stand von seinem Stuhl auf um voraus zu gehen. Er war noch sehr rüstig für sein Alter und das merkte man ihm nicht an. Genau wusste er nicht, wann er geboren war, aber es müsste über 90 Jahre her sein. „Gib mir den Vertrag damit ich ihn unterschreiben kann", sagte er zu Paolo, „ich vertraue dir, denn du hast es ja bereits mitbekommen, dass hier im Dorf ungeschriebene Gesetze gelten und wer sich nicht daran hält, wird teuer bezahlen müssen. Alles ist eine

Sache der Ehre. Paolo bestätigte ihm, dass er nicht vorhatte ihn übers Ohr zu hauen, dass der Vertrag korrekt formuliert ist und er alles enthält, was Valentino ihm gesagt hatte.

Der alte Mann unterschrieb den Vertrag und überreichte ihn dann Paolo. Beide Männer gaben sich die Hand und beschlossen darauf ein Glas Wein miteinander zu trinken.

Doch zuvor holte Valentino noch die Schlüssel für das Haus aus der Schublade.

„Lass uns draußen trinken, da ist es wärmer als im Haus ud ich brauche die Wärme für meine alten Knochen; sie tut ihnen gut und sie schmerzen dann nicht mehr so sehr", sagte Valentino.

So setzten sich beide Männer nach draußen und tranken ihren Wein. Es blieb nicht bei dem einen Glas; denn sie hatten sich viel zu erzählen. Es wurde sehr spät; der Mond schien groß und hell vom Himmel als Valentino meinte, dass es Zeit ist, schlafen zu gehen.

„Du kannst heute Nacht hier schlafen, es ist nicht gut allein in der Dunkelheit unterwegs zu sein", sagte Valentino zu Paolo.

Paolo musste innerlich schmunzeln, was sollte ihm hier passieren. Da war er ganz andere Dinge gewöhnt, als er noch in Argentinien lebte. Aber er ließ sich nichts anmerken. Er bedankte sich für die Einladung und sagte, dass er gerne hier übernachten möchte. Sie gingen ins Haus und Valentino zeigte ihm wo er schlafen kann und sich frisch machen konnte.

Paolo wachte auf, als er das klappern von Geschirr hörte. Da außer ihm und Valentino niemand im Haus war, musste dieser schon aufgestanden sein und wollte sicher Frühstück für sie beide zubereiten. Schnell sprang er aus dem Bett, machte sich im Bad frisch und ging in die Küche. Der Espresso blubberte und Brot und Käse lagen auf dem Tisch. Er begrüßte Valentino und sagte zu ihm, dass er sehr gut geschlafen hat und wenn er nicht das klappern des Geschirr vernommen hätte, dann würde er jetzt noch schlafen und lachte. Valentino musste auch lachen und sagte, dass er sich setzen soll, der Kaffee ist gleich fertig. Paolo setzte sich und Valentino nahm den fertigen Espresso vom Herd und stellte ihn auf den Tisch. Paolo nahm die Tassen und goss den Kaffee hinein. Dann ließen sich die Männer das Frühstück gut schmecken und redeten über dieses und jenes. Paolo merkte, dass Valetino die Gesellschaft gut tat und er beschloss, wenn es seine Zeit erlaubte, sich ab und an zu besuchen.

Er mochte den alten Mann, denn er erinnerte ihn an seinen Großvater.

Nach dem Frühstück machte sich Paolo auf den Weg zur Bar. Es gab einiges zu tun und seine Leute wunderten sich bestimmt schon, dass er nicht zu Hause war. Jedenfalls hatten sie ihn nirgends entdecken können. Frohgelaunt kam er zur Tür herein und bevor jemand fragen konnte, sagte er, dass er beim alten Valentino übernachtet hatte und, dass er mit ihm den Vertrag für das Haus unterschrieben hat. Seine Musiker freuten sich mit ihm und gratulierten. Nur Dolores konnte sich nicht so recht freuen, hieß es doch für sie Abschied nehmen. Auch, wenn sie nur Freunde sind, sie würde Paolo vermissen. Aber ihr war klar, dass er das Haus nur gekauft hat, weil er sich mit Marinella sicher war, dass sie die Richtige für ihn ist. Doch auch sie gratulierte Paolo und ließ sich nichts anmerken.

„Freunde, es wird sich bald einiges ändern. Ich werde meine Mutter zu mir holen sobald ich das Haus hergerichtet habe und ich beabsichtige eine Familie zu gründen. Natürlich bleibt mit der Tango Bar alles so, wie es jetzt ist; es ist ja unser einziges Einkommen zur Zeit", sagte Paolo.

Die Musiker waren beruhigt und versprachen Paolo zu helfen, wann immer er Hilfe benötigt.

„Lasst uns jetzt mit den Proben anfangen, denn der neue Tanz muss am Samstagabend klappen; wir wollen uns doch nicht vor den Gästen blamieren", sagte Paolo lachend.

Allerdings war er überzeugt, dass niemand es bemerken würde, wenn sie einen falschen Schritt machten. Es war sein eigener Ehrgeiz der ihn antrieb; es sollte alles immer so perfekt wie möglich sein. Sie begannen mit den Proben und die Stunden vergingen schnell.

Marinellas Vater war, wie immer, schon früh zur Arbeit gegangen und so konnten Mutter und Tochter in Ruhe reden. Viel gab es zu sagen von beiden Seiten. Sie sprachen auch noch einmal über den gestrigen Tag und sie waren der Meinung, dass Paolo eine Seele von Mensch ist.

„Ein besserer Mensch hätte dir nicht über den Weg laufen können", meinte Marinellas Mutter und sah ihre Tochter an.

Marinella konnte das nur bestätigen,

weil sie dasselbe dachte. Paolo war ein wunderbarer Mensch und sie konnte sich eine gemeinsame Zukunft mit ihm gut vorstellen. Aber noch war es zu früh, er hatte sie ja noch nicht einmal gefragt, ob sie sich mit ihm eine Zukunft vorstellen kann und wenn, dann müsste das Verlobungsjahr auch eingehalten werden. Es war so eine Art Bewährungsprobe für beide.

Sie wusste nicht, dass Paolo sich innerlich schon entschieden hatte, als er gestern das Haus kaufte.

Mutter und Tochter hatten völlig die Zeit vergessen und als sie auf die Uhr schauten, war es bereits nach Mittag. Sie mussten sich mit dem Essen kochen beeilen, damit heute Abend etwas auf dem Tisch stand. Sie waren es gewohnt immer am Abend warm zu essen, da sie dann alle zu Hause waren. Schnell putzten sie das Gemüse und schälten Kartoffeln, es sollte heute ein mit Käse überbackenes Ofengericht werden. Als sie fertig waren, schob Marinella die Form in den Ofen. Die Soße für die Pasta köchelte leicht vor sich hin und sie und ihre Mutter genehmigten sich noch einen Espresso.

Paolo meldete sich nicht, aber sie würden ihn ja am Samstagabend in der Tango Bar treffen. Marinellas Vater wusste von dem Hauskauf, da Paolo den Vertrag zu ihm in die Bürgermeisterei bringen musste, damit er den Vertrag beglaubigt. Eine Kopie des Vertrages kam in den Ordner mit dem Grundbuch-Vertrag für dieses Haus. Es musste alles seine Ordnung haben. Natürlich hatte er sofort davon zu Hause erzählt und Marinella freute sich riesig; auch ihre Mutter war glücklich darüber. Hoffentlich meint das Schicksal es gut und alles kommt so, wie sie es sich für ihre Tochter wünschte, dachte sie bei sich. Morgen würde sie in die Kirche gehen und eine Kerze anzünden.....

Die Tage bis zum Samstag vergingen schnell und sie waren schon dabei, sich für den Abend zurecht zu machen.
Tango ist mein Leben, trällerte ihr Vater und sie lachten; hatte er sich doch schon zweimal von dem Rotwein nach geschenkt und war bester Laune.
Es klopfte und Marinellas öffnete die Tür. Ihre Freundinnen waren mit ihren Familien gekommen um sie abzuholen. Es ging zu wie im Entenstall, alle redeten wild durcheinander und keiner Verstand mehr ein Wort. Sie waren

nur noch am lachen und als Marinellas Mutter gerade die Haustür abschloss, gesellte sich auch noch ihre Nachbarin mit ihrem Mann dazu. Als sie kurz vor der Backstube waren, sahen sie die Bäckersfrau davor stehen, die ihnen zu winkte.

„Ich komme auch mit", schrie sie und lief ihnen entgegen. Eigentlich war es quatsch das sie das machte, denn sie mussten sowieso in ihre Richtung gehen um zur Tango Bar zu kommen. Egal, sie war viel zu aufgeregt um darüber nachzudenken. Es war das erste Mal, dass sie dort hinging und dann auch noch ohne ihren Mann. Alle hatten sich doch ein wenig darüber gewundert, aber sie erklärte es den Freunden und sagte ihnen, warum ihr Mann nicht konnte und ihr ältester Sohn erst etwas später dazu kommen konnte. Ihr

Mann hatte es gestattet, da er die Freunde gut kannte und wusste, dass er sich auf sie verlassen konnte. Sie würden gut auf seine Frau aufpassen.

Unterwegs gesellten sich noch weitere dazu, die alle in die Tango Bar wollten. Paolo hörte die Gruppe bereits als sie noch nicht einmal zu sehen war. Sie waren aber auch albern und mussten über alles lachen. Jetzt konnte Paolo sie sehen und er winkte ihnen zu. Er ging schnell noch einmal in die Bar zurück um den Kellnern zu sagen, dass sie mindestens vier Tische zusammen schieben sollten, wenn möglich sogar sechs Tische. Er ging wieder vor die Tür und da waren sie auch schon. Die Begrüßung ging sehr stürmisch vonstatten und ehe Marinela wusste, was ihr geschah, hatte Paolo sie auf beide Wangen geküsst. Im Trubel war es aber niemandem aufgefallen und er lachte, als er sah, dass Marinella sich verlegen umschaute.

„Mach das bitte nie wieder in der Öffentlichkeit, wir kriegen sonst Ärger", flüsterte sie Paolo ins Ohr.

Er nickte und ging voran in die Bar um die Gruppe zu ihrem Tisch zu geleiten. Es hatte tatsächlich mit den sechs Tischen geklappt und sie konnten alle zusammen sitzen. Damit alles seine Ordnung hat, nahmen Marinella und ihre Mutter die Bäckersfrau in ihre Mitte. So konnte später niemand über sie reden, denn das wäre bestimmt passiert, wenn sie neben einem Mann gesessen hätte. Im Grunde genommen war die Dorfgemeinschaft gut, aber es gab einige, die sich manchmal das Maul über andere zerreißen mussten und für böses Blut sorgten. Da hier der alte

Ehrenkodex galt, hat es nur durch dummes Gerede, schon einige brenzlige Situationen gegeben. Zum Glück war es bisher immer gelungen, alles richtig zu stellen und die Gemüter beruhigten sich wieder. Aber ein Misstrauen gegenüber den Beschuldigten blieb bei den Familien. Im Nachbardorf war es durch falsche Anschuldigungen schon zu einer Blutrache gekommen.

Später, nachdem das Unglück schon geschehen war, stellte es sich heraus, dass alles eine Lüge war, die von einem abgelehnten Verehrer stammte. Er wollte sich für die Abfuhr rächen und brachte eine Lawine ins rollen. Er wusste, was die betroffenen Familie mit ihm machen würde und nahm sich selber das Leben.

So traurig das Ganze auch war, hatte es doch etwas Gutes. Die Bürgermeister der umliegenden Dörfer riefen eine Versammlung ein zu der möglichst alle kommen sollten. Sie berichteten noch einmal über das furchtbare Geschehen und sie hatten beschlossen, dass in Zukunft so etwas schlimmes nicht mehr geschehen darf.

Sie erklärten den Leuten wie sie beabsichtigten, das zu verhindern.

Wenn jemand sich zu Unrecht beschuldigt fühlt und schlecht über ihn geredet wird, dann sollte dieser Mensch zu seinem Bürgermeister gehen und es ihm erzählen. Er würde dann beide Parteien zu sich bitten und sie würden dann gemeinsam die Sache klären. Stimmten die Beschuldigungen, würden sie auch gemeinsam nach einer Lösung suchen, wie es wieder gut zu machen wäre. Auf alle Fälle sollten alle mit ihren Worten nicht leichtfertig umgehen, damit es nie wieder zu solchen Tragödien kommen kann. Die Leute verstanden das und fanden die Vorschläge sogar sehr gut; doch es gab immer wieder einmal eine Ausnahme, dass irgendwer seine Zunge nicht im Griff hatte. Aber wenn es sein musste, dann hielten sich alle an die Abmachung und gingen zu ihrem Bürgermeister.

Seitdem hat es nie wieder so einen schlimmen Vorfall gegeben und so sollte es auch bleiben.

Die Bar war wieder gerammelt voll und Paolo schloss die Tür. Er ging auf die Bühne und wünschte seinen Gästen einen wunderschönen Tango Abend.

„Habt Spaß und Freude, liebe Freunde, wir werden gleich beginnen. Dolores und ich haben einen neuen Tanz einstudiert, den wir euch als erstes zeigen wollen", sagte Paolo, verbeugte sich höflich um gleich darauf hinter der Bühne zu verschwinden. Die Musiker stimmten noch kurz ihre Instrumente und fingen an zu spielen. Die Kellner hatten noch alle Hände voll zu tun, um die Gäste mit Getränken zu versorgen.

Kurz darauf erschienen Dolores und Paolo auf der Bühne. Wieder hatte Dolores ein atemberaubendes Kleid an und Paolo sah in seinem Tanz-Anzug sehr gut aus.

Sie verbeugten sich noch einmal vor den Gästen bevor sie anfingen zu tanzen. Atemlose Stille war in der Bar, denn was sie sahen, war einmalig. Es war ein Tanz, der vor Erotik nur so knisterte; so etwas hatte zuvor noch niemand von ihnen gesehen.

Die Bäckersfrau konnte nicht umhin

und flüsterte Marinellas Mutter ins Ohr:

„Wenn mein Mann das wüsste, wäre er bestimmt mitgekommen", und lachte.

Auch Marinellas Mutter lachte und bestätigte ihre Worte. Niemand in der Bar konnte sich der, doch sehr erotischen, Stimmung entziehen. Als Dolores und Paolo ihren Tanz beendeten, ging ein Jubel durch die Bar; alle waren aufgestanden und applaudierten. Beide bedankten sich höflich und Paolo verkündete, das, sobald sie sich umgezogen hatten, die Tanzstunde beginnt. In diesem Moment ging die Tür auf und der älteste Sohn der Bäckersfrau kam herein. Suchend sah er sich um, aber seine Mutter hatte ihn schon gesehen und rief ihn. Er ging zu ihr und setzte sich dann aber zu den Männern am Tisch. Alles war in Ordnung und nun konnte auch er zum ersten Mal dabei sein und freute sich schon darauf. Er bestellte sich einen Wein und unterhielt sich mit den Männern.

Die Musiker spielten leise Weisen im Hintergrund.

Nach einer viertel Stunde erschien Paolo auf der Bühne.

„Ihr wisst ja, was nun kommt liebe Freunde. Bildet Paare und kommt, nachdem ich es euch mit meiner Tanzpartnerin noch einmal gezeigt habe, auf die Tanzfläche", sagte Paolo und ging von der Bühne schnurstracks zu Marinella. Er bat ihre Mutter um Erlaubnis und zog Marinella mit sich. Ihre Freundinnen warfen sich wissende Blicke zu; was sie vermutet hatten schien wohl zu stimmen.

Paolo hielt Marinella fest im Arm und

sie glitten, fast schwerelos, über die Tanzfläche. Sie harmonierten gut und ein schönes Paar waren sie auch.

Nun, da alle es noch einmal gesehen hatten, konnten sie endlich auch auf die Tanzfläche. Marinellas Eltern tanzten auch und die Bäckersfrau wurde von ihrem Sohn um diesen Tanz gebeten. Sie kannten ihn ja beide nicht und so hatten sie Mühe und sehr viel Spaß beim nachmachen. Immer wieder passierte ihnen ein Patzer, doch das störte sie nicht, sie lachten und machten weiter. Kurz bevor die Musiker aufhörten zu spielen, bekamen sie es noch ganz gut hin.. Die Nachbarin hatte zum Glück auch einen Tanzpartner gefunden und wiegte sich mit ihm im Tango-Schritt. Die jungen Leute fanden schnell zueinander und hatten keinerlei Probleme miteinander zu tanzen oder gar die Partnerin oder den Partner zu wechseln. Es war ja nur ein Tanz und nichts weiter, als ein schöner Abend an dem alle ihren Spaß haben sollten.

...und natürlich Tango tanzen lernen.

In einer Pause hatte Paolo Marinellas Vater gefragt, ob er ihn am Sonntag begleiten würde, wenn er zu den Apfelplantagen fährt. Er wollte sein Wort halten und die Antwort der kleinen Familie hören. Ihr Vater sprach kurz mit seiner Frau und sagte dann, dass er gerne mitkommt. Paolo freute sich und sagte, dass er ihn nach dem Frühstück abholt.

Der Abend ging mit viel Spaß und Freude weiter; alle waren eifrig beim lernen, denn sie hatten einige neue Tanzschritte gezeigt bekommen, die geübt werden mussten. Manchmal war es ein richtiges durcheinander und es wurde viel gelacht.

Kurz nach Mitternacht verkündete Paolo das Ende des heutigen Abend und alle machten sich auf den Heimweg.

Marinella war glücklich.....

Wie besprochen holte Paolo Marinellas Vater nach dem Frühstück ab und die Männer fuhren zu den Apfelplantagen.

Marinella und ihre Mutter wollten in die Kirche gehen und es sich später am Strand gemütlich machen, denn die beiden Männer wollten erst am späten Nachmittag zurückkommen.

Um 15.00 Uhr machten sich Marinella und ihre Mutter auf den Heimweg. Sie wollten jetzt das Essen kochen, damit

es fertig war, wenn die Männer wieder zu Hause sind. Sie waren schon sehr gespannt, welche Antwort sie von der kleinen Familie bekommen hatten.
Würden sie das Angebot annehmen?

Gerade, als sie die letzten Handgriffe erledigt hatten, hupte es draußen. Aha, dachte Marinellas Mutter, sie sind schon da und ging an Tür um beide herein zu lassen. Marinella deckte noch schnell den Tisch und schnitt das Brot auf, als ihr Vater und Paolo auch schon in der Küche standen. Paolo begrüßte Marinella mit einigen netten Worten und meinte, dass das Essen schon herrlich duftet und er schon mächtig Hunger hat. Natürlich hatte ihre Eltern ihn eingeladen bevor die Männer am Morgen weggefahren sind.
,,Nun sagt schon, was haben sie gesagt?

Wollen sie kommen und hier ein neues, besseres Leben beginnen?", fragte Marinellas Mutter.

„Lasst uns doch erst einmal essen, ich habe auch Hunger und danach, beim Kaffee, berichten wir euch ausführlich", erwiderte ihr Mann.

Gut, gedulden wir uns und essen zuvor, dachte seine Frau.

Sie füllte die Pasta auf und freute sich darüber, dass es anscheinend allen gut schmeckt, da niemand ein Wort sagt.

Anschließend gab es Auberginen die mit Käse überbacken waren. Dazu Oliven, Rotwein und natürlich Brot, das bei keiner Mahlzeit fehlen durfte.

Jetzt, da der erste Hunger gestillt war, fiel schon hin und wieder ein Wort.

Als sie fertig gegessen hatten, räumten Paolo und ihr Vater den Tisch ab, während ihre schon dabei war, den

Espresso aufzusetzen. Marinella holte die Tassen aus dem Schrank und schnitt kleine Stücke von dem Kuchen ab den sie heute gebacken hatten. Sie legte die Stückchen auf einen Teller und stellte ihn auch auf den Tisch. Es war ein Mandelkuchen den auch Paolo so gerne aß.

Abwechseln erzählten nun ihr Vater und Paolo von dem, was sie heute erlebt und erfahren hatten.

Die kleine Familie wollte kommen.

Sie hatten es sich gut überlegt, es war nicht so einfach ihr Heimatdorf zu verlassen, aber da Paolo gesagt hatte, dass es auch genug Platz für die beiden alten Elternteile gab, wollten sie es wagen. Sie könnten ihre Kinder zur Schule schicken und ihnen vielleicht ein besseres Leben bieten. Ein Leben, das nicht schon aus Arbeit für die Kleinsten bestand. Haus-und Gartenarbeit war ihnen nichts Neues und sie würden sich alle Mühe geben, Paolo nicht zu enttäuschen.

Allerdings wollten sie erst kommen, wenn die Apfelernte vorbei ist, denn der Plantagenbesitzer hatte sich ihnen gegenüber immer korrekt verhalten, ihren Lohn hatten sie auch immer sofort bekommen und er hatte sie seit Jahren, zur Erntezeit, immer wieder beschäftigt. Da wollten sie ihn jetzt nicht im Stich lassen.

„Ich scheine mich nicht in ihnen getäuscht zu haben, es sind einfache, aber grundanständige Leute", sagte Paolo, „ ich habe versprochen, sie nach der Ernte aus ihrem Dorf abholen zu lassen; bis dahin habe ich auch das kleine Häuschen hergerichtet, sodass sie sich dort wohlfühlen können. Ich muss mir nur noch etwas einfallen lassen, wie ich einige kleine Möbelstücke, an denen ihr Herz hängt, hierher transportieren kann. Straßen gibt es dort nicht und das Gelände ist bergig. Aber es ist ja noch einen Monat bis dahin und mir wird schon etwas einfallen", sagte Paolo.

Alle freuten sich über die Entscheidung der kleinen Familie, hierher zu ihnen ins Dorf zu kommen.

„Das ist sehr gut und ich denke, es ist allen damit geholfen. Sie können besser leben und du hast jemanden für Haus und Garten. Auch ist es gut, dass immer jemand Vorort ist; du bist jeden Tag hier in der Bar und das Haus wäre stundenlang ohne Aufsicht. Ich mache dir einen Vorschlag. Lass mich und Marinella das Häuschen herrichten, wir haben die Zeit dazu und weibliche Hände können auch aus wenigem noch etwas schönes zaubern", sagte Marinellas Mutter und schaute rüber zu Paolo.

„Das wäre großartig, wenn es euch nicht zu viel Arbeit ist, dann nehme ich das Angebot gerne an. Besser könnte ich es mir gar nicht vorstellen; es ist für schön, zu wissen, dass ihr für mich da seid. Das macht mich sehr glücklich", fügte er ernst hinzu.

Marinella fand den Vorschlag ihrer Mutter großartig und sie war schon sehr gespannt auf das kleine Häuschen und was sie dort erwartet.

Eine Weile saßen sie noch zusammen und redeten über vieles, was ihnen noch so durch den Kopf ging. Dann wurde es für Paolo Zeit sich zu verabschieden und sich für das gute

Essen und die Gastfreundschaft zu bedanken. Er ging zu seinem Auto und fuhr davon.

„Was für ein Tag", sagte Marinellas Vater und goss sich ein Glas Rotwein ein, ehe er ins Wohnzimmer ging.

„Du kannst auch ins Wohnzimmer gehen, ich mache den Abwasch allein", sagte Marinella zu ihrer Mutter und machte sich an die Arbeit.

Das war ihr recht, denn so konnte sie sich mit ihrem Mann noch einmal über alles sprechen. Doch sie kam gar nicht erst zu Wort. Als ihr Mann sah, dass seine Frau alleine herein kam, sagte er zu ihr, dass sie sich setzen soll, er habe ihr etwas zu erzählen und legte sofort los. Sie glaubte nicht richtig zu hören, denn ihr Mann hatte soeben gesagt, dass Paolo, sobald seine Mutter hier ist, sich mit Marinella verloben möchte.

Sie fragte noch einmal nach ob sie auch alles richtig verstanden hat, aber ihr Mann nickte nur und meinte, du hast richtig gehört. Er will sich mit ihr verloben, wenn seine Mutter hier ist. Aber er wird uns dann erst um Erlaubnis bitten und deshalb sollen wir Marinella noch nichts davon sagen. Gut, die Form würde dann gewahrt bleiben und dass Marinella oder ihre Eltern den Antrag ablehnen würden, war ausgeschlossen. Marinella mochte ihn und sie mochten Paolo auch.

Die Tür ging auf und Marinella kam herein.

„Es war ein schöner Tag heute", sagte ihr Vater schnell und blinzelte seiner Frau zu.

„Das finde ich auch", antwortete sie.

Marinella setzte sich auf das Sofa und schloss die Augen. Ein wenig ausruhen

wollte sie und ein wenig träumen. Ihre Eltern nahmen sich ein Buch aus dem Regal und begannen darin zu lesen.
Eine wunderbare Ruhe machte sich breit und nur der Gesang eines Vogels war zu hören.

Die Tage vergingen und alles wurde so wie vereinbart gemacht. Der Tag der Abreise von Dolores war gekommen und es würde nicht mehr lange dauern, bis Paolos Mutter endlich kommen würde. Er freute sich schon sehr darauf. Marinella und ihre Mutter hatten das kleine Häuschen soweit fertig hergerichtet und in einer Woche würde die kleine Familie hier einziehen. Paolo hatte alles organisiert und Leute gefunden, die ihnen beim Umzug helfen würden. Denn die wenigen Möbel mussten tatsächlich bis zur nächsten

Straße zu Fuß transportiert werden. Da es aber nur wenige und kleine Möbelstücke waren, war es nur halb so schlimm und er bezahlte die jungen Burschen, die diese Arbeit machen wollten, gut.

Das war also alles geregelt.

Jeden Samstag fand der Tanzkursus in der Tango Bar statt und die Leute waren nach wie vor begeistert.

Letzten Samstag hatte Dolores ihren letzten Auftritt mit Paolo und war am Mittwoch darauf nach Argentinien geflogen. Sie hatte sofort nach ihrer Ankunft Paolos Mutter das Geld, das er ihr mitgegeben hatte, gebracht und seine Mutter sagte ihm am Telefon, dass sie in 10 Tagen kommt; etwas Zeit benötigte sie noch um sich von ihren Freunden zu verabschieden. Die Freunde hatten ein Abschiedsfest für sie geplant und da musste sie natürlich dabei sein. Vielleicht würden sie sich nie mehr wiedersehen; die Jüngsten waren sie alle nicht mehr und ein Flug kostet ja auch viel Geld.

Paolo hatte das große Haus, das er gekauft hatte, streichen lassen und zusammen mit Marinella und ihrer Mutter einige Möbel gekauft. Viele Möbel waren noch von Valentino in dem Haus und da sie gut und gepflegt waren, wollte er sie weiter benutzen. Die beiden Frauen hatten beim putzen geholfen und alles wohnlich gemacht. Die Fenster blitzten und alles war bereit für Paolos Mutter.

Paolo hatte gesagt, wenn er heiratet und seine Frau möchte etwas ändern, dann kann sie es machen; für den Moment ist alles soweit in Ordnung.

Da Marinellas Mutter ja sein Vorhaben

kannte, war sie erfreut über seine Worte. Einiges hatte ihrer Tochter nämlich nicht ganz so gut gefallen; aber Marinella hatte es nur zu ihr gesagt.

Der Monat war viel zu schnell vergangen und heute war der Tag, an dem die kleine Familie kommen sollte. Paolo hatte Marinella und ihre Eltern abgeholt und sie waren zusammen zum Haus gefahren.
Alles, was die Familie fürs erste gebrauchen würde, hatten sie besorgt und sogar für jedes Kind eine Tafel Schokolade gekauft. Sie wären also gut versorgt wenn sie später gingen.
Jetzt hieß es jedoch erst einmal warten. Sie machten es sich auf der Terrasse des großen Hauses gemütlich und unterhielten sich, als plötzlich der

alte Valentino vor ihnen stand.

„Ich wollte nur einmal schauen, wenn du erlaubst", sagte er, nachdem er alle begrüßt hatte, zu Paolo.

Paolo ging zu ihm und legte seinen Arm um ihn:

„Du bist mir immer willkommen, lieber Freund; komm mit mir ins Haus, ich werde dir alles zeigen. Deine ganzen Möbel sind noch da, wir haben sie nur etwas umgestellt, da wir noch neue Möbel dazu gekauft haben", sagte Paolo zu Valentino und ging mit ihm ins Haus.

Es war noch keine halbe Stunde vergangen, als ein Auto in die Einfahrt bog und direkt bis vor das Haus fuhr. Die kleine Familie stieg aus und Marinella und ihre Mutter gingen zu ihnen. Herzlich begrüßten sie all und hießen sie willkommen. Valentino und

Paolo hatten die Ankunft des Autos mitbekommen und sie kamen aus dem Haus um die Familie zu begrüßen. Nun musste das andere Auto mit den beiden Alten auch gleich kommen, da sie zusammen losgefahren waren. Sie schauten die Einfahrt hoch und da kam es auch schon. Hupend fuhr der Fahrer, ein junger Bursche, vor und lachte. Er half den beiden Alten beim aussteigen und geleitete sie zum Haus. Das war eine Freude, sie hatten die Fahrt im Auto gut überstanden; es war übrigens ihre erste Fahrt in einem Auto und wurden nun ebenfalls sehr herzlich von allen begrüßt. Paolo sagte, dass sie sich erst einmal hinsetzen sollten um etwas erfrischendes zu trinken und auch die leckeren Kekse probieren können. Mit großen Augen schauten sie sich um. Jeder Blick verriet, dass es ihnen hier gefiel. Die beiden kleinen Jungs rannten barfuß durch den Garten und spielten fangen. Paolo bat die beiden jungen Fahrer auch an den Tisch, damit sie etwas zu sich nehmen konnten bevor sie zurück fahren. Die Autos waren nur geliehen und Paolo fragte nicht, ob die beiden jungen Burschen überhaupt schon einen Führerschein haben; fahren konnten sie jedenfalls. Er dachte zurück an seine Jugendzeit und musste lachen, denn er war auch ohne Führerschein gefahren, wie so viele damals. Zum Glück hatte ihn die Polizei niemals erwischt. Das würde hier nicht passieren, denn es gab hier keine Polizeistation. Diese befand in der Kleinstadt befand und die war weit weg. Nachdem sich auch die beiden Burschen gestärkt hatten, gab Paolo ihnen den besprochenen Lohn und sie machten sich wieder auf den Rückweg.

„Wenn ihr bereit seid, dann können wir jetzt zu eurem Häuschen gehen, damit ihr es kennenlernen könnt. Ich denke, es wird euch gefallen. Marinella und ihre Mutter haben sich alle Mühe gegeben, es so gemütlich und hübsch einzurichten, damit ihr euch alle darin wohlfühlen könnt. Eure Möbel werden sicherlich auch bald hier eintreffen und in der Zwischenzeit könnt ihr ja überlegen, wo sie in eurem neuen Heim hingestellt werden sollen Dann können die Männer sie gleich an den richtigen Platz stellen", sagte Paolo zu der kleinen Familie.

Sie waren einverstanden und so gingen alle zusammen zu dem Häuschen; auch Valentino ließ es sich nicht nehmen mitzukommen, denn schließlich hatte vor vielen Jahren einmal sein gesamte Familie hier gewohnt. Er war froh, dass alles in gute Hände gekommen ist. Es waren nur wenige Meter bis zum Häuschen, aber es ging langsam voran, da die beiden Alten und auch Valentino nicht mehr so schnell laufen konnten. Die beiden Jungs liefen voran. Sie waren auch schon sehr gespannt, hatte doch Paolo zu ihnen gesagt, dass sie ein Zimmer nur für sich bekämen. Bisher hatten sie alle in einem Raum gelebt.

Beim Häuschen angekommen staunte die Familie nicht schlecht; es war kein kleines Häuschen, sondern ein richtiges großes Haus empfanden sie. Die Frau fing an zu weinen und ihr Mann legte liebevoll seinen Arm um sie.

,,Lasst uns hinein gehen, ihr seid sicherlich gespannt, wie es von innen

aussieht", sagte Paolo und ging voran.
Die beiden Jungs stürmten gleich mit ihm in das Haus und blieben abrupt, mit offenen Mündern, wie angewurzelt stehen. So etwas hatten sie noch nie gesehen und auch die kleine Familie kam aus den Staunen nicht mehr heraus. Sie konnten es nicht glauben, was sie sahen. Auch Valentino war sichtlich beeindruckt, was Marinella und ihre Mutter hier vollbracht hatten. Alles wirkte so heimelig und gemütlich. Paolo führte sie weiter herum und als er die Tür zum Kinderzimmer öffnete, da war es um die Jungs geschehen. Sie kreischten vor lauter Freude laut los und gingen hinein. Da standen doch tatsächlich zwei Betten mit bunten Bettdecken, ein Schrank, ein kleiner Tisch und zwei Stühle und in der Ecke stand noch eine große Truhe und auf

der Fensterbank standen Töpfe mit bunten Blumen. Alle waren, über die Freude der beiden Jungs, zu Tränen gerührt.

„Ihr könnt jetzt einmal nachschauen, was in der Truhe ist, während wir uns weiter im Haus umschauen", sagte Paolo zu den Kindern.

Sie waren kaum ein paar Schritte gegangen, als sie laute Freudenschreie aus dem Kinderzimmer hörten.

Marinellas Mutter erklärte der Familie, dass Spielzeug für die Jungs in der Truhe ist und sie deshalb so schrien.

Spielzeug hatten ihre Kinder noch nie besessen; das Geld reichte ja nicht einmal für Schuhe für die Kinder. Es war wie ein Traum für die Familie.

Sie waren in der Küche angekommen und Marinellas Mutter erklärte ihnen, dass sie Lebensmittel für die nächsten

Tage im Vorratsschrank finden und die Getränke ebenfalls dort lagern. Dann zeigte sie ihnen wo sich alles weitere befindet damit sie sich später etwas zu essen kochen konnten. Es war einfach zu viel für die kleine Familie; Tränen flossen in Strömen.

„Ich glaube, ich habe ein Auto gehört", rief Paolo und ging schnell hinaus um nachzusehen. Tatsächlich stand ein kleiner Lieferwagen vor dem großen Haus und der Fahrer stieg aus dem Auto. Suchend sah er sich um und Paolo lief schnell zu ihm. Er sagte dem Fahrer, dass er noch zu dem kleinen Haus fahren soll und deutete mit dem Finger in die Richtung. Der Fahrer stieg wieder ein und fuhr direkt vor das kleine Haus. Marinellas Vater ging zu ihm und gemeinsam brachten sie die Möbel der Familie ins Haus und stellten sie erst einmal in den Flur, da die kleine Familie im Moment nicht in der Lage war, etwas zu entscheiden.

Sie waren so überwältigt, dass sie schon eine ganze Weile kein Wort mehr gesagt hatten.

Paolo bezahlte den Fahrer und gab ihm noch eine große Flasche Wasser für die Rückfahrt mit.

„Ich denke, wir lassen die Familie jetzt erst einmal allein, damit sie sich in Ruhe alles ansehen kann und sich vertraut machen kann mit ihrer neuen Umgebung. Sicherlich werden sie müde sein von den Aufregungen und der Fahrt. Morgen komme ich mit meiner Tochter wieder her um nach euch zu schauen; alles weitere können wir dann besprechen; jetzt ruht euch erst einmal aus", sagte Marinellas Mutter.

Paolo gab der Familie die Schlüssel für

die Haustüren und hieß sie noch einmal ganz herzlich willkommen. Dann ließen sie die Familie allein und gingen rüber zum großen Haus.

Alle waren zufrieden und tranken noch etwas bevor sie zurück fuhren. Paolo nahm Valentino im Auto mit und setze ihn als erste, direkt vor seiner Haustür ab. Anschließend fuhr er Marinella und ihre Eltern nach Hause. Nochmals bedankte er sich bei ihnen für ihre große Hilfe und fuhr dann gleich zur Tango Bar um nach dem rechten zu sehen.

Heute war es endlich so weit.

Paolo stand am Flughafen und konnte auf der Ankunftstafel lesen, dass die Maschine aus Argentinien noch im Landeanflug war. Er war entsetzlich aufgeregt und freute sich, dass seine

Mutter nun endlich bei ihm war. Er wollte ihr alles so schön wie möglich machen und wenn sie sich von den Strapazen der letzten Tage und des Fluges erholt hatte, wollte er mit ihr in das Dorf fahren in dem sie geboren ist. Er hatte so viele Pläne......

Jetzt war die Maschine gelandet und es würde nicht mehr lange dauern bis er sie in die Arme schließen konnte.

Da kam sie auch schon. Eine kleine, ganz in schwarz gekleidete Frau, die sich suchend umsah. Paolo lief zu ihr und riss sie in seine Arme. Er wirbelte seine Mutter herum und wollte sie gar nicht wieder loslassen. Sagen konnten sie beide nichts, aber das Glück schien aus ihren Augen. Tränen der Freude rannen über ihre Wangen; beide waren unendlich glücklich.

Paolo nahm den Koffer seiner Mutter

und sie gingen zum Auto um nach Hause zu fahren. Er musste seiner Mutter aber sagen, dass sie heute dort nicht mehr ankommen würden; der Weg nach Hause war zu weit und sie müssten diese Nacht in einer Pension verbringen und morgen früh weiter fahren.

„Das ist kein Problem. Dann kann ich mich auf dem Bett erst einmal ausstrecken, denn mir tun die Beine und der Rücken weh vom sitzen", erwiderte seine Mutter.

Paolo musste noch eine Stunde fahren, aber dann hatten sie die Pension erreicht. Sie war schon etwas besser und verfügte auch über Zimmer mit einer Badewanne. So eines orderte er für seine Mutter; er selbst begnügte sich mit einer Dusche.

Paolo lag auf dem Bett und döste vor

sich hin, als es klopfte. Er stand auf um zu öffnen. Seine Mutter stand vor der Tür und strahlte ihn an. Sie sagte, dass sie jetzt wieder frisch und fit ist nach dem Bad und großen Hunger hat. Paolo lachte, schnappte sich seine Geldbörse und sie gingen zusammen ins Restaurant, das zur Pension gehörte. Sie hatten sich so viel zu erzählen, das Essen schmeckte sehr gut und doch merkten sie, dass die Müdigkeit von ihnen Besitz ergriff. Paolo zahlte und sie gingen zurück in die Pension und suchten ihre Zimmer auf.

Am nächsten Morgen waren sie zeitig aufgestanden und fuhren gleich nach dem Frühstück los. Es lagen noch ungefähr 3 bis 4 Stunden Fahrtzeit vor ihnen und sie würden gegen Mittag im Dorf eintreffen. Da sie gut durchkamen schafften sie die Fahrt in 3 Stunden.

Paolo für die Einfahrt hoch und seine Mutter schaute erstaunt auf das schöne große Haus.

„Das ist dein Haus?", fragte sie.

„Ja, hier werden wir wohnen", sagte Paolo.

Seine Mutter war sichtlich beeindruckt. Sie hatten zwar in Argentinien auch ein schönes Haus, aber so groß war es denn doch nicht und dieser riesige Garten; sie war sehr stolz auf ihren Sohn, dass er es hier auch geschafft hat und Fuß fassen konnte.

Sie gingen hinein und Paolo führte seine Mutter im Haus herum. Er zeigte ihr die beiden Zimmer, die er für sie gedacht hatte und hoffte, dass sie ihr gefallen.

„Du hättest es für mich nicht besser aussuchen können, mein Sohn. Sie sind wunderschön und am schönsten finde ich, dass das eine Zimmer eine Tür hat und ich von dort gleich auf die Terrasse gehen kann. Da werde ich morgens meinen Espresso trinken und dem Gesang der Vögel lauschen. Besser geht es doch gar nicht. Auch die Möbel die du ausgesucht hast, gefallen mir sehr gut. Hier werde ich mich zu Hause fühlen", sagte seine Mutter und umarmte ihn.

Paolo freute sich, aber er gestand seiner Mutter, dass Marinella und ihre Mutter die Möbel ausgesucht haben und es so eingerichtet haben. Die beiden haben sich um alles gekümmert und auch das kleine Haus hergerichtet. Es steht etwas weiter oben und du hast es noch nicht sehen können. Seit ein paar Tagen wohnt dort eine Familie mit zwei kleinen Jungs und einer alten Großmutter und einem alten Großvater. Das Ehepaar arbeitet für mich und wie ich gesehen habe, machen sie ihre Sache gut. Die Kinder dürfen frei im Garten spielen, aber ihr Vater hat schon eine kleine Fläche abgegrenzt, wo er Gemüse pflanzen will. Mir soll es recht sein, der Garten ist groß genug, da lasse ich ihm freie Hand. Hauptsache er pflanzt vor meinem Haus Rosen, die hat Marinella so gern.

Dann begann er seiner Mutter alles über Marinella und sich zu erzählen. Sie wusste ja, dass er hier ein Mädchen kennengelernt hat, das hatte er ihr geschrieben, aber dass es schon so ernst ist und er so schnell wie möglich heiraten wollte, das wusste sie nicht. Ich habe nur gewartet, sprach Paolo weiter, bis du hier bist, dann würde ich sie fragen, ob sie meine Frau werden möchte und bei ihren Eltern um ihre Hand anhalten. Ihre Eltern. Ihre Eltern wissen Bescheid, für sie bin ich schon jetzt wie ein Sohn und sie haben nichts dagegen. Nur du solltest Marinella vorher kennenlernen, denn deine Meinung ist mir wichtig. Ich denke aber, du wirst sie mögen und auch einverstanden sein. Marinella und ich hatten Zeit uns auszutauschen und wir sind schon jetzt sehr eng miteinander verbunden und uns in den entscheidenden Dingen einig.

Seine Mutter hatte ihm aufmerksam zugehört und schaute ihn an. Sie kannte ihren Sohn und sie wusste, dass er in Argentinien schon das eine oder andere Techtelmechtel hatte, aber hier war es etwas anderes.

Paolo lachte, als er Blick seiner Mutter sah und er sagte:

„Mama, ich sehe es in deinen Augen was du denkst, aber ich kann dich beruhigen, Ich habe nichts getan, was gegen die ungeschriebenen Gesetze und die Regeln hier im Dorf verstößt. Ich respektiere das und Marinella ist ein Mädchen ohne jegliche Erfahrungen. Ich bin ihre erste Liebe", beruhigte er seine Mutter.

Seine Mutter war beruhigt und lachte. Wie gut er mich kennt, dachte sie. Aber sie wusste aus den Geschichten, die ihre Mutter einst von ihrem Dorf erzählt hat, dass das Leben hier ein anderes ist und nicht so frei wie in Argentinien.

Sie war gespannt auf ihre zukünftige Schwiegertochter.

Sie saßen noch lange beieinander und redeten.

Es war Samstag, aber Paolo hatte rechtzeitig bekannt gegeben, dass heute der Tango Abend ausfällt, da seine Mutter gekommen war und er deshalb dieses eine Mal keine Zeit hatte.

Alle hatten Verständnis, doch sie bedauerten es sehr, dass der Tango Abend ausfiel. Sie hatten sich so drauf gefreut, da es doch die einzige Zerstreuung hier im Dorf war und sie immer viel Spaß hatten. Aber, dass seine Mutter für ihn an rster Stelle stand, verstand jeder und sie freuten sich mit ihm, dass sie nun endlich wieder zusammen waren.

Sonntag......

Heute war ein besonderer Tag. Seine Mutter würde endlich Marinella und ihre Eltern kennenlernen. Sie hatten

Paolo und seine Mutter zu sich nach Hause zum Essen eingeladen. Paolos Mutter war schon sehr aufgeregt, aber sie freute sich auf die Begegnung.

„Wenn du fertig bist, können wir losfahren", rief Paolo seiner Mutter zu. Sie nahm ihre Tasche und ging zu ihrem Sohn. Gemeinsam gingen sie zum Auto und fuhren los.

Marinella und ihre Eltern waren auch schon sehr gespannt auf Paolos Mutter und hatten sich sehr viel Mühe gegeben, ein richtiges Festmahl zu kochen. Sie hatten den Tisch mit Blumen dekoriert und hübsch gedeckt. Marinellas Mutter warf noch einmal einen Blick über den Tisch ob auch alles in Ordnung war, als es auch schon an der Tür klopfte.

Schnell ging sie zur Tür und bat Paolo und seine Mutter rein. Sie begrüßte beide ganz herzlich, umarmte seine Mutter und sagte immer wieder, wie sehr sie sich darüber freut, dass sie endlich nach Italien gekommen ist und sie sich kennenlernen können. Ihr Mann und Marinella waren auch zur Tür gekommen um beide zu begrüßen.

„Dann können wir ja gleich essen, ich hoffe, ihr habt Hunger mitgebracht", sagte Marinellas Vater zu Paolo und seiner Mutter und ging voran ins Esszimmer.

„Oh, was für ein hübsch gedeckter Tisch", sagte Paolos Mutter als sie das Esszimmer betrat und ihre Augen leuchteten.

Alle schauten sie an und freuten sich, sie hatten sich auch wirklich große Mühe gegeben.

„Suche dir einen Platz aus und setze dich, ich bringe gleich das Essen", sagte

Marinellas Mutter und verschwand in der Küche. Marinella war ihr gefolgt um ihr zu helfen.

Die beiden Männer und Paolos Mutter setzten sich an den Tisch und alle Drei fingen sofort an, sich zu unterhalten. Es war, als ob sie sich schon ewig kannten; nichts befremdendes stand zwischen ihnen. Paolo freute sich darüber, aber er hatte auch nichts anderes erwartet. Marinella und ihre Mutter kamen mit dem Essen herein und stellten die Schüsseln auf den Tisch.

„Bitte bedient euch", sagte Marinellas Mutter und setzte sich.

Natürlich ließen sie Paolos Mutter den Vorrang und als diese sich nur zaghaft etwas auffüllte, nahm Paolo die Kelle und tat seiner Mutter eine ordentliche Portion auf den Teller. Seiner Mutter war es etwas peinlich, aber sie sagte nichts. Alle hatten sich Essen aufgefüllt und aßen mit großem Appetit. Was nicht verwunderlich war, denn es war richtig lecker.

Zwischendurch unterhielten sie sich, denn Gesprächsstoff gab es ja genug.

Nach dem Essen servierte Marinellas Mutter noch einen Espresso und jedem ein Stück Mandelkuchen.

Es war eine gemütlich Atmosphäre und alle fühlten sich wohl.

Plötzlich stand Paolo auf und sagte:

„Ich denke, es ist jetzt ist der richtige Moment", er blickte Marinellas Eltern an und sagte weiter, „ich möchte euch bitten, mir Marinella zur Frau zu geben; vorausgesetzt natürlich, dass Marinella einverstanden ist".

Marinella fühlte, wie sie rot anlief. Sie hatte es sich ja gewünscht, aber nun, da Paolo es sagte, merkte sie, wie ihr Herz schneller zu schlagen anfing. Alle Augen waren aus sie gerichtet.

„Du hast gehört, was Paolo gesagt hat, Marinella. Das ist eine Entscheidung für das ganze Leben und du solltest es dir gut überlegen", sagte Marinellas Vater und lachte.

Nun musste auch Marinella lachen und erwiderte:

„Wenn ihr nichts dagegen habt, ich möchte gerne Paolos Frau werden".

„Darauf lasst uns ein Glas Wein trinken, denn unseren Segen habt ihr und ich denke, den von Paolos Mutter auch", sagte ihr Vater und holte den Wein und Gläser aus dem Schrank.

Sie prosteten sich zu und Marinella und Paolo sahen sich verliebt an.

Was für ein schöner Moment!

Doch es war noch nicht genug. Paolos

holte eine kleine Schachtel aus ihrer Tasche und stellte sie auf den Tisch.

„Hier drinnen ist der Verlobungsring meiner Mutter und es würde mich sehr glücklich machen, wenn du ihn tragen würdest".

Sie öffnete die Schachtel und darin befand sich ein wunderschöner Ring. Er war aus Gold und hatte einen roten, durchsichtigen Stein mit einer Madonnenfigur darin. So etwas hatte keiner von ihnen je zuvor gesehen. Paolos Mutter reichte Marinella die Schachtel damit sie sich den Ring ganz genau ansehen konnte.

„Er ist wunderschön, ich würde ihn gerne tragen", sagte sie und blickte Paolo an.

Er kannte diesen Ring nicht und war erstaunt, dass seine Mutter ihn noch niemals erwähnt hatte. Normalerweise kauft ja der Bräutigam die Ringe, aber so einen schönen Ring hätte selbst er nicht auftreiben können. Seine Mutter erzählte, dass ihr Vater den Ring hat anfertigen lassen, als Zeichen seiner Liebe zu ihrer Mutter. Die Madonna sollte sie ein Leben lang beschützen.

Marinella reichte die Schachtel mit dem Ring ihren Eltern damit sie ihn auch anschauen konnten. Marinellas Mutter hatte Tränen in den Augen; der Ring berührte sie sehr. Dann reichten sie die Schachtel Paolo, er sollte entscheiden. Aber auch er war begeistert von der Schönheit des Ringes und wollte, dass Marinella ihn als Zeichen seiner Liebe trug.

Alle schauten Paolo an; was würde er sagen?

,,Wenn wir nun schon einen so wunderschönen Ring haben, dann sollten wir mit der Verlobung auch nicht länger warten.", stand auf und steckte Marinella den Ring an den Finger.

Er passte ganz genau und Marinella strahlte über das ganze Gesicht.

Ihre Eltern und Paolos Mutter waren völlig überrumpelt. Gehörte nicht zu einer Verlobung eine große Feier? Wurden nicht Verwandte, Freunde und Bekannte dazu eingeladen? So etwas hatten sie noch nie erlebt. Aber jetzt konnten sie nichts mehr ändern.

Es wurde eine schöne Verlobungsfeier im engsten Familienkreis.

Nach Hause fahren konnten Paolo und seine Mutter anschließend nicht mehr, denn der in vollen Zügen genossene Rotwein tat seine Wirkung. Sie wurden im Gästezimmer einquartiert und konnten dort erst einmal ihren Rausch ausschlafen und am nächsten Tag nach Hause fahren. Auch Marinella und ihre Eltern spürten den Wein in ihrem Blut und gingen sofort schlafen.

Am nächsten Morgen wachten alle erst sehr spät auf und Mainellas Vater musste sich beeilen, da er bereits seit einer guten Stunde bei der Arbeit sein sollte. Seine Frau gab ihm noch schnell einen Espresso, damit er wenigstens etwas wach wurde, bevor er losging. Dann bereite sie das Frühstück vor und deckte den Tisch. Nacheinander kamen alle, noch recht verschlafen, zu ihr in die Küche.

„Wir haben wohl gestern Abend zu viel von dem Wein getrunken", sagte Paolos Mutter zu ihr und lachte.

„Das Gefühl habe ich auch, aber der Anlass entschuldigt das, denn wer hätte daran gedacht, dass wir nicht nur zusammen gekommen waren um uns kennenzulernen, sondern. Dass wir auch noch die Verlobung unser Kinder feiern", erwiderte Marinellas Mutter.

Paolo lachte und blinzelte Marinella zu. Er fand das gut, dass es so gekommen, war, wie es ist.

Wozu noch lange warten?

Sie frühstückten noch gemeinsam und danach machten sich Paolo und seine Mutter auf den Heimweg.

Wie ein Lauffeuer verbreitete sich die Nachricht von ihrer Verlobung im Dorf. Einige hatten kein Verständnis, dass es keine große Feier gab, aber sie freuten sich trotzdem für die Beiden.

Das Leben ging ganz normal weiter und Marinella und Paolo freuten sich, dass alle so gut miteinander kommen und glücklich sind. Da Dolores ja nicht mehr als Tanzpartnerin zur Verfügung stand, übten Paolo und Marinella fast täglich die Tango Schritte.

Seine Mutter war oft dabei, da sie so auch etwas Zeit mit den beiden allein verbringen konnte.

Sie musste sich hier erst an das andere Leben gewöhnen und das brauchte etwas Zeit. Mit Marinellas Mutter hatte sich eine sehr enge Freundschaft entwickelt. Beide Frauen waren ungefähr im selben Alter und konnten gut miteinander auskommen. Wann immer es möglich war, saßen sie beieinander, tranken einen Espresso und hatten sich viel zu erzählen. Nach und nach lernte sie alle Dorfbewohner kennen und am Sonntag ging sie mit ihrem Sohn und Marinellas Familie in die Kirche. Danach aßen sie zusammen bei Marinellas Eltern oder machten einen Ausflug und kehrten in einer Taverne ein. In 2 Wochen wollte Paolo mit ihr und Marinella zu dem Dorf fahren, in dem ihre Mutter geboren war.

Sie hatte geträumt und als sie hoch blickte, sah sie, dass Paolo seiner zukünftigen Frau einen zärtlichen Kuss auf die Lippen gab.

Sie tat, als hätte sie nichts gesehen. Damals, als sie mit ihrem Mann verlobt war, tauschten sie auch manch zarten Kuss aus und sie erinnerte sich noch gut daran, wie sie es genoss, wenn er sie im Arm hielt.

Als die Musik verklang, sagte sie zu Marinella:

,,Lass uns jetzt nach Hause gehen, ihr habt für heute genug geübt und so können wir deiner Mutter noch beim kochen helfen und dabei ein wenig schwatzen".

Paolo begleitete beide noch zur Tür und seine Mutter konnte nicht umhin, ihm in die Wange zu kneifen. Er lachte, hatte sie es also doch mitbekommen, als er Marinella küsste.

Das Verlobungsjahr ging sehr schnell vorüber und sie steckten schon voll in den Hochzeitsvorbereitungen. Alle Dorfbewohner waren eingeladen; es sollte das schönste Fest werden, das je im Dorf gefeiert wurde. Marinella wollte am Nachmittag zur Schneiderin um ihr Hochzeitskleid anzuprobieren und ihre Mutter begleitete sie.

Wunderschön sah Marinella in dem weißen, langen Kleid aus Spitze aus. Ihrer Mutter stiegen bei ihrem Anblick die Tränen in die Augen. So lange ist es doch noch gar nicht her, als Marinella ihr noch am Rockzipfel hing und nun stand sie vor ihr, als strahlende Braut. Ein zarter Kranz aus Olivenzweigen schmückte ihre langen dunklen Locken. Wehmut beschlich sie, doch sie war glücklich, dass ihre Tochter so einen guten Mann gefunden hatte. Paolo war für sie und ihren Mann wie ein Sohn; sie konnten sich keinen besseren Schwiegersohn wünschen. Paolo war sehr umsichtig und hatte rechtzeitig Hilfe für die vielen Vorbereitungen organisiert, sodass nicht alles an ihnen hängen blieb.

Es herrschte Aufregung im Dorf, denn alle wollten ihren Teil zur Hochzeit beitragen, wie es hier seit jeher Sitte war. Selbst der Pfarrer trug seinen Teil dazu bei, in dem er noch mehr Tische und Stühle organisierte, damit alle auf der Piazza einen Platz bekamen. Das Wetter war gut und nicht mehr so heiß, sodass sie wunderbar unter blauem Himmel und am Abend im Schein der Sterne und dem Licht der Lampions draußen feiern konnten.

Es waren zwei Wochen voller Arbeit, Aufregungen und Spannung, aber nun war es endlich so weit.

Marinella und Paolo gaben sich vor der ganzen Dorfgemeinschaft das Ja Wort.

Wie lange ist das jetzt schon her, dachte Marinella. Sie hatte mit Paolo ein wunderbares Leben geführt; ein Leben voller Liebe. Als ein Jahr nach der Hochzeit ihr einziges Kind geboren wurde, war ihr Leben perfekt.

Der kleine Antonio war ihr ganzes Glück, alle liebten ihn abgöttisch.

Doch, wo viel Licht ist, ist auch viel

Schatten und es gab einige Schatten, die sich im Laufe der Jahre auf ihre Seelen legten.

Zuerst verstarb der alte Valentino dem sie soviel zu verdanken hatten.

Ein wunderbares Heim und jeder Tag, jeder Stein des Hauses, erinnerte beide an ihn. Paolos Mutter musste ihre letzte Reise antreten und Marinellas Vater folgte ihr nur wenig später.

Als vor 5 Jahren ihre Mutter verstarb, war ihr Schmerz groß; lebte doch nun keiner ihrer Angehörigen mehr. Für Antonio war es sehr schwer, denn er hing sehr an seiner Großmutter.

...und nun hatte das Schicksal erneut zugeschlagen.

Paolo war tot.....

Einfach so, es gab keinerlei Anzeichen, dass es ihm schlecht ging; sein Herz hatte einfach aufgehört zu schlagen.

Hatten ihn die Sorgen zermürbt?

In all den Jahren hatten sie von dem Einkommen aus der Tango Bar und von seinem Erspartem gelebt, aber es wurde von Tag zu Tag weniger und er fand keine Arbeit, womit er hätte etwas dazu verdienen können. Die Sorgen quälten ihn und Marinella wusste es. Er war einige Jahre älter als Marinella und er wollte sie und ihren gemeinsamen Sohn nicht eines Tages unversorgt zurück lassen.

Doch nun war es zu spät. Nie wieder würde sie im Herbst mit Paolo Tango tanzen. Nie wieder in seinen Armen liegen, seine Nähe, seine Liebe spüren.

Nur der alte Baum, der ihr mit seinen dichten Blättern Schatten spendete, sah ihre Tränen.

Die Liebe ist das kostbarste
auf dieser Welt,
denn sie beginnt dort,
wo die Einsamkeit des Einzelnen
aufhört.